Umschlagbild:
Rudolf Peduzzi (*Basel 1936)
Das Auge, 1997
Aquarell und Deckweiss, 20,5 x 13 cm
Privatbesitz

René Regenass

Der Anmacher

Roman

Janus Verlag

Die Deutsche Bibliothek - CIP-Einheitsaufnahme

Regenass, René
Der Anmacher : Roman / René Regenass.
- Basel : Janus-Verl., 1998
ISBN 3-7185-0170-8

Gestaltung: Beat Trachsler, Basel
Verlagsdatenverarbeitung
ISBN 3-7185-0170-8

Captatio benevolentiae

Satire ist kein Handkantenschlag, aber manchmal eine deftige Suppe, gewürzt mit Ironie und einer Prise Spott.

Was Satire auch sein mag, stets ist irgendwer irgendwann und irgendwo darüber verärgert. In diesem Fall hilft nur, sich die Satire zu Herzen zu nehmen und ihr lächelnd zu folgen.

In einer Nische der Bahnhofsunterführung - ein raffinierter Schlupfwinkel übrigens - entdeckte ich zufällig John Rifle, diesen amerikanischen Bastard. Er linste über seine Sonnenbrille und lächelte spöttisch. Ich hätte ihm gerne zugeflüstert, dass gerade die Sonnenbrille ihn entlarve, er ein unverbesserlicher Depp sei, in einer Nische der Unterführung zu stehen mit einer Sonnenbrille auf der Rüsselnase. Doch John Rifle schien sich einen Dreck um mich zu kümmern.

Auf der verdammten Treppe zum Bahnsteig, die mir bei jedem Tritt einen Schlag in die Knie versetzte, hörte ich John Rifle röhren. Genauer: Ich hörte den Widerhall seiner Worte. Völlig stumpfsinnig brüllte er 'High Noon'. Wahrscheinlich wollte er seine umfassende Bildung beweisen. 'High Noon!'

Ein B-Movie, nicht meine Sache. Dazu habe ich nichts zu sagen. Das wäre unter meinem Niveau.

Ich war nicht John Rifle und John Rifle nicht ich.

Das würde ich ihm bei Gelegenheit klarmachen müssen.

Für einmal stimmte ich dem Nike-Gründer und Sportschuh-Tycoon zu: 'Nur die Paranoiden überleben.' Nike ist für mich aber nach wie vor die Göttin des Sieges. Das muss allerdings kein Widerspruch sein - die Ansichten ändern sich eben. Inzwischen hatte ich den Bahnsteig erreicht. Mit Schrecken stellte ich fest, dass der Zug schon zur Abfahrt bereitstand, John Rifle also recht gehabt hatte mit seinem 'High Noon'.

Aber die dralle Uhr hoch oben zwischen den Eisenstreben widersetzte sich: Sie ging nicht, wo doch sonst alles geht, besonders in einem Bahnhof; nur der rote Sekundenzeiger kreiste, ein mächtiger Finger Gottes. Der Schaffner hatte seinen Fuss auf das Trittbrett des letzten Wagens gestellt, um sich knapp vor dem Anrollen des Zuges hineinzuzwängen.
In dieser Atempause der Vergänglichkeit sagte ich mir: Was ist denn eine Abfahrt und erst die Zeit, vielleicht kommt noch John Rifle, schlägt mir vertraulich auf die Schulter und grinst, wie das seine Art ist, während sein Kumpel Armani hinter einem Pfosten lauert, seine Füsse in edlen Lederschuhen aus Florenz, die mit ihren scharfen Spitzen frech hervorgucken.
Und da sprang tatsächlich der grosse schwarze Zeiger, die Türen der Wagen schlossen sich automatisch. Langsam begann der Zug sich zu bewegen, dieses tonnenschwere Ungetüm. Einmal mehr war es die Überwindung der Trägheitskraft, die alle Leistung aus der Lokomotive quetschte. Ein Kampf gegen das Beharrungsvermögen. Für mich ein Symbol. Newton hatte zur Berechnung dieses Widerstreits von Ruhe und Bewegung eine Formel herausgefunden. Sie geisterte durch meinen Kopf, verdrängte alle anderen Gedanken, bis ich erlöst ausrufen konnte: Kraft gleich Masse mal Beschleunigung!
Der Zug war nun endgültig weg, der braune Schotter unter den Gleisen stank zum Himmel, und wieder hatte die fette Uhr einen Halt eingeschaltet. Ja, die

Zeit, alles hing an diesem Tropf, die Krankenschwestern füllten fleissig die Flaschen nach, damit ohne Unterbruch überall der ewige Saft in die Uhrwerke floss, Sekunde um Sekunde, so dass der Takt des Geschehens gewahrt blieb.
Dass gerade jetzt der Herzschlag stotterte, liess nichts Gutes ahnen.
Armani trat hinter dem Pfosten hervor, steckte sich eine Zigarette zwischen die Lippen und zeigte sein albernes Armanilächeln. Ich kombinierte wie einst Nick Knatterton, der Urahne aller deutschen Detektive, dass Lagerfeld nicht weit sein konnte, wenn John Rifle und Armani, diese Modefritzen, herumlümmelten. Irgendwo in der Nähe musste er sein mit seiner Zöpfchenfrisur, und so sicher jeder Tag zu Ende geht wegen des Sonnenuntergangs, ebenso sicher war, dass es zu einem furchtbaren Blutbad käme, sobald John Rifle, Armani und Lagerfeld aufeinandertrafen.
Nicht auszudenken das Gemetzel, wenn sich die drei unter dem Würfel des Meeting Points begegneten und die Revolver zogen, während aus dem Lautsprecher ungerührt die Durchsagen schallten.
Darauf, auf diesen Countdown, werden alle hinzielen, dachte ich.
Der Bahnhof ist eine einzige Verschwörung, doch die Zeit weiss nichts Gescheiteres, als abzulaufen.
Als gebildeter Mensch erinnerte ich mich in diesem Zusammenhang natürlich an Einstein. Er war ja so etwas wie der Erfinder von Raum und Zeit. Und ich erinnerte mich auch an meinen Physiklehrer, der

seinem Vorbild Einstein zum Verwechseln ähnlich sah. Allerdings hatte er tüchtig mit dem Kamm nachgeholfen, damit seine widerspenstigen Haare ebenfalls über die Ohren fielen. Dieser Einstein zwo, wie wir ihn nannten, war stets für eine Anekdote gut. So erklärte er uns bei heiterer Laune, dass es überhaupt nichts bringe, in einem fahrenden Zug hochzuspringen, der Wagen würde mitnichten unter den Füssen weggleiten. Und das deshalb, weil der sich fortbewegende Wagen ein geschlossenes Gehäuse sei. Was geht daraus hervor? hatte er zum Schluss listig gefragt und ohne zu warten gleich selber die Antwort gegeben: Wir sind der Geschwindigkeit des Zuges und damit auch der Zeit, die er benötigt, um von A nach B zu gelangen, ausgeliefert.
Nach diesem Ausflug meines Gehirns in die Vergangenheit bedrängte mich hartnäckig die andere Frage: Was ich nun machen solle, da der Zug weg war, sich immer weiter entfernte, während ich nach wie vor auf dem Bahnsteig herumhing und untätig wartete, bis etwas geschah. Und es würde etwas geschehen, das spürte ich. Auf irgendeine Weise musste die Gegenwart platzen, sie war so prall, dass sie sich gewiss Luft verschaffte mit einem Ereignis. Einer Art Urknall.
Ich vermutete - warum, das bliebe wohl ein Geheimnis - dass Lagerfeld einen Gag ausgeheckt hatte, um John Rifle und Armani auszuschalten, cool und erbarmungslos. Er wird, sagte ich mir mit der Überzeugung eines Gurus, seine Models über den Bahnsteig stolzieren lassen, diese Magersuchtge-

schöpfe; dünn bis auf die Knochen werden sie mit ihren brettflachen Pos und den unendlich langen Beinen an mir vorbeidefilieren, auf dem breiten Mund ein Frohlocken, das tief aus der Sehnsucht nach Karibik kommt. Aus ihren grossgeschminkten Augen staunen sie stumpf zur Bahnhofshalle hinaus in die Ferne eines lyrischen Nachmittags, und ihre kärglichen Brüste zappen hin und her unter dem durchsichtigen Kleid angestrengter Verführung. Naomi Campbell und Claudia Schiffer und wie sie alle heissen, diese auf- und abblühenden Girlies aus gestyltem Nonsense werden es sein, die John Rifle und Armani in Wallung bringen, bis sie aus blindem Neid nicht mehr anders können, als die Kugeln pfeifen zu lassen.

Und noch immer klebte ich in diesem verschissenen und verbrunzten Bahnhof, unter den Eisenstreben, wo die Tauben nisteten und keine Ahnung hatten, was auf der Erde passierte.
Eigentlich wollte ich nach Berlin - aus dem einfachen Grund, weil ich nach Berlin wollte. Allmählich wurde mir jedoch klar, dass ich nie nach Berlin käme, denn der Bahnhof war zu meinem Mittelpunkt geworden, und noch nie war jemand aus einem Mittelpunkt ausgebrochen, sonst wäre der Mittelpunkt keiner mehr, und die Mathematik müsste neu erfunden werden. Ich stünde noch am späten Abend hier, wenn die Modenschau längst vorbei war, die Models in ihren Hotelzimmern und auf den vorstehenden Knochen ihre Ruhe zu finden hofften. Auch John

Rifle, Armani und Lagerfeld hätten den Campus geräumt, sofern sie nicht in verzweifelter Wut einander umgebracht hatten. Dann allerdings triebe Derrick sein Unwesen mit Wahrheitsfindung in den Kehrichtcontainern, und sein Assistent, der getreue Knappe Wepper, würde seinen auswendig gelernten Satz, der alle zuschauenden Humanisten befriedigte, hersagen: Alles fliesst, würde er sagen, es sogar auf altgriechisch wiederholen: Panta rhei. Auf diese Weise wären auch die zufällig anwesenden Akademiker glücklich und könnten von ihrer Reise etwas Gültiges nach Hause bringen, nicht nur Pralinen für die betrogene Gattin.
Plötzlich fielen die Schüsse. Ein kurzes, aber heftiges Stakkato, ein Ballern, das nur von den drei Verrückten kommen konnte, die einander die Bohnen ins Fell jagten. Dann die berühmte Stille, die jedoch von den Lautsprecherdurchsagen und dem ewigen Brausen des Bahnhofs verschluckt wurde.
Selbstverständlich liess ich mir das Schauspiel mit den beiden Superdetektiven nicht entgehen, allein schon wegen der berechtigten Annahme, es sei eine Co-Produktion von ARD, ORF und der SRG, der Schweizer Fernsehgesellschaft. Also fühlte ich mich als Berufspatriot verpflichtet, wenigstens einen Statisten zu mimen.
Derrick bekundete diesmal freilich einige Mühe; bisher hatte er es stets nur mit einem Toten auf einmal zu tun gehabt. So sagte er auch gleich im Brustton des Besserwissers: Drei sind zuviel. Und sein Harry Klein alias Fritz Wepper doppelte nach: Ja, drei sind

zuviel, worauf Derrick sich und seinen Jünger korrigierte, um jedes Missverständnis auszuschliessen: Schon einer ist zuviel, dudelte er. Darauf schrie eine Emanze aus der Menge der Neugierigen los: Schon eine ist zuviel!
Doch der Zwischenruf ging unter in der lauten Geschäftigkeit der Männer von der Spurensicherung, die nun eingetroffen war. Die Bahnhofspolizei, verstärkt durch ein weiteres Dutzend Uniformierte, sperrte jetzt den Ort des Kapitalverbrechens weiträumig ab. Der von dieser Massnahme betroffene Kioskbesitzer protestierte fuchtelnd, weil er seine altbackenen Brötchen und überreifen Bananen nicht mehr loswerden konnte.
Unterdessen kamen die Züge unverdrossen an und fuhren ebenso gleichgültig wieder ab, auch die Uhr liess sich nicht mehr beirren und hüpfte brav von Minute zu Minute. Der Leichenwagen glitt in die Halle, die drei Toten, John Rifle, Armani und Lagerfeld, wurden in Blechsärge gestopft und abtransportiert, derweil Derrick seine allerletzte Frage stellte, einem, den er für informiert hielt: Kennen Sie diese Personen oder eine davon? Der Angesprochene schüttelte gemäss Drehbuch den Kopf und zuckte mit den Schultern. Wäre Derrick nicht so eitel gewesen und hätte sich herabgelassen, mich zu fragen, dann wären die Morde schnell aufgeklärt worden, auch das Motiv der wilden Schiesserei, nämlich die Winterkollektion.
Gelangweilt stellte ich mir vor, wie die Models, arglos und das Gesicht bis zur Unkenntlichkeit mit

Gurkenmilch beschmiert, hohlwangig zur Zimmerdecke grienten und die Zukunft beträumten.

Draussen musste es inzwischen dunkel geworden sein. Zum Wesen und Vorteil eines Bahnhofs gehört die Eigenschaft, dass das Licht stets gleich hell oder gleich dämmrig ist. Davon profitieren nicht wenige scheue Gestalten wie Schieber, Dealer und Stricher. Aber das war es nicht, womit ich mich beschäftigen wollte.
Meine Gedanken hatten sich inzwischen wieder geordnet, mir kam in den Sinn, dass ich mir vorgenommen hatte, nach Berlin zu reisen. Das war allerdings ein grossmäuliger Vorwand gewesen, um meine wahre Absicht, den Bahnhof aufzusuchen, vor mir zu verbergen. Ohne genügend Geld, ohne Gepäck stand ich nun da, wusste nicht einmal, ob und wann der nächste Zug nach Berlin fuhr. Vielleicht war es auch die Erinnerung an den kurzen Aufenthalt in dieser Stadt der Abenteurer und Aufbruchheinis, die mich zu diesem zweifelhaften Entschluss verlockt hatte.
Vor Jahren, noch als junger Student, war ich für ein paar Tage dort gewesen. Mag sein, dass ich damals meine Anziehungskraft auf Frauen sowie meine Kunst, sie zu betören, entdeckte. Im ‘Resy’ war es, wo ein livrierter Diener beim ‘Postillon d‘amour’ die heissen Liebesschwüre auf einem Tablett an den Tisch der Sehnsucht brachte. Ich wurde damit überhäuft und lernte, was eine Herzdame ist.
Aber Nostalgie half jetzt nicht weiter.

Der geistige Ausflug in die Stadt meines ersten Glücks endete mit einer Bauchlandung in der Realität. Das Banale ist stets der Begleiter des Ausserordentlichen, sagte ich mir.

Es meldete sich immer drängender der Hunger, der Magen stiess warnende Rülpser hoch. Ich war froh, dass das Getümmel auf dem Bahnsteig sie übertönte. Noch waren viele Menschen mit Sack und Pack unterwegs, irgendwohin zu Verwandten und Bekannten; rheumatische Onkel und Tanten. Am Freitag war ihr Reisetag. Wer vom Appenzell oder sonstwo von den Alpweiden kam, hatte schon früh aus den Federn müssen: Erst die beschwerliche Fahrt talwärts mit der Schmalspurbahn, dann in einem Schnellzug in die grossen, fremden Städte mit den grässlichen Lastern. Nach und nach kehrte doch Ruhe ein im Bahnhof, die Leute verflüchtigten sich wie verängstigte Hasen, immer weniger Züge rollten in die Halle. Die Spuren der Abrechnung zwischen John Rifle, Armani und Lagerfeld verblassten, das Sägemehl auf dem Blut wurde von den Schuhen aufgenommen und verschleppt, das Ketchup war bis auf ein paar dunkle Spritzer ausgebleicht, einzig die mit Kreide nachgezeichneten Umrisse der drei Leichen hoben sich noch deutlich vom verdreckten Asphalt ab. Aber wer kümmerte sich noch darum, in der Höhe ratterten die Abfahrts- und Ankunftszeiten der Züge über die Tafel, schon erschien die Null des frühen Morgens. Unbeeindruckt pisste der gescheckte Dalmatiner an die Ecke des Kiosks, wo der

Italiener wieder seine dürren Brötchen und angefaulten Bananen feilhielt.
Bei solchen Gelegenheiten hole ich jeweils mein in der Schule gebüffeltes Latein hervor. Ich war stolz darauf, jetzt 'tempus fugit' vor mich hinmurmeln zu können. Das war eben echte Bildung. Sie hatte mich durch alle Stürme der Zeit getragen wie eine Amme, und nie hätte ich mich aus ihren Armen lösen wollen. Nicht ohne Grund hatte mir ein ehemaliger Chef und Banause verboten, im Geschäft - wo auch immer und selbst in der Kantine - mit meinem Latein zu protzen, wie er sich ausdrückte. Es vergifte das Betriebsklima und nütze dem Ertrag überhaupt nichts; wenn ich mich schon motivieren möchte zu höherer Leistung, was er mir sehr empfehle, dann solle ich etwas Englisches flöten, warum nicht Shareholder value? Auf diese Standpauke hin hatte ich genickt und 'Du Arschloch' gedacht. Aber im tiefsten Inneren musste ich ihm letztlich zustimmen. Denn was da alles im ungehemmten Kapitalismus global auf die Reise geschickt wurde, vertrug kein Latein, das war nun mal so, da zählten die reine Logistik und getürkte Frachtpapiere für die liberianischen Frachter, die fröhlich die Weltmeere unsicher machten und die Versicherungen ängstigten. Die lecken Öltanker mussten unbemerkt an Greenpeace vorbeigeschleust und versteckte Waffen heimlich gelöscht werden.

Mein Wunsch war es gewesen, eine akademische Laufbahn einzuschlagen, Gelehrter zu werden, Professor an einer Universität. Leider fehlten mir Ausdauer und vor allem die Geduld, erst einmal über fünfzig zu werden und schon halb vertrottelt zu sein, um endlich einen Lehrstuhl zu ergattern, und zum Privatgelehrten mangelte es mir an Kohle. Es war der Fehler meines Lebens, dass ich mir nicht eine reiche und wacklige Witwe angelacht hatte, um ihr das Geld aus den Runzeln zu ziehen und dann sorgenfrei dem Geist zu frönen.

Wie hiess doch ein Filmtitel so schön: Never say never again ...

Nein, ich hätte mich nicht mit Wittgenstein befasst; er stand mir zu nahe, war mein Freund in schwierigen Lebenslagen. Nie und nimmer hätte ich es zugelassen, dass er durch meinen Ehrgeiz zerfleddert worden wäre. Seine Schriften waren unantastbar, sein Wort galt, so wie er es niedergeschrieben hatte. Er benötigte keine Interpreten und keine sophistischen Auslegungen.

Warum nicht Horaz? Er war schon lange genug tot, die Übersetzungen hätten es ertragen, wenn ich zum eigenen Ruhm darin herumgefummelt hätte wie viele andere vor mir zum selben Zweck.

In aller Ruhe hätte ich mich auf seine Episteln eingeschworen, sie gewendet und gekehrt, bis mir von der akademischen Zunft als Tattergreis der Titel eines Professors honoris causa verliehen worden wäre. Auf einen Stock gestützt wäre ich am Dies academicus durch die Strassen der Stadt gehumpelt, allseits bewundert. Erhobenen Hauptes mit dem Birett auf dem inzwischen kahlen Schädel hätte ich mir

sagen können: Du hast es geschafft und bist aufgenommen in den durchlauchten Kreis der Koryphäen. Was für ein Triumph!
Ich tröstete mich mit dem geflügelten Wort 'Nondum omnium dierum solem occidisse - Noch ist nicht aller Tage Abend'. Bis Liebe, Geist und Geld auf einen Nenner gebracht waren, würden freilich noch einige Jahre vergehen.
Die Umstände waren leider anders, forderten den Abbruch dieses Höhenfluges. Es war die Gegenwart, die nun meine volle Aufmerksamkeit heischte. Hirngespinste brachten mich nicht weiter.
Ich stand in einem Bahnhof, ohne Job und Zaster, wollte ursprünglich nach Berlin, wo ich mich wohl hilflos zwischen den Baukränen verlaufen hätte und schliesslich verzweifelt im Senckenberg Museum gelandet wäre, im Schatten eines der grössten Dinosaurier, die möglicherweise aussterben mussten, weil sie die Zeichen der Zeit nicht erkannt hatten. Und auch ich würde zum Fossil, wenn ich nicht rasch die virtuellen Signale des nächsten Jahrtausends wahrnähme.
In Anbetracht dieser Analyse gab ich mir einen Ruck und kaufte am Kiosk, nicht beim Italiener, sondern nebenan, wo eine abgewrackte Prinzessin dem verpassten Glück nachtrauerte, eine Zeitung, beschloss, auf einem der kalten Bahnhofsbänke die Stelleninserate auf das grosse Los hin zu durchforsten.
Nicht ausgeschlossen, dass ein zuckerkranker Millionär einen Chauffeur für seinen Bentley suchte, oder eine vernachlässigte Gattin sich einen Putz-

mann wünschte. Mit meinen knackigen dreissig Jahren würde ich ohne mit der Wimper zu zucken auch nackt staubsaugen oder die Fenster reinigen. Was soll's, sagte ich mir, man muss jede Gelegenheit beim Schopf packen, jetzt erst recht, seit der real existierende Sozialismus mit einem Blattschuss zur Strecke gebracht worden ist. Die freie Marktwirtschaft lässt Tür und Tor offen, wer will, der kann, jeder ist für sich selbst verantwortlich und Matthäi am letzten ist noch lange nicht.
Auch als Hilfslehrer einer Tochter aus besserem Haus würde ich mich durchaus eignen, Verführung eingeschlossen, und wenn es sein müsste mit anschliessender Heirat in einer Domkapelle, garniert mit allem noblen Firlefanz - das wäre ein Ding! Ja, ich war flexibel und mobil, auch Länder innerhalb der EU kämen in Frage, mein Heimatbewusstsein schmachtete ohnehin im Keller, spätestens seit der Rekrutenschule, wo ich gegen riesige Armeen kämpfte, einen Feind nach dem anderen abschlachtete, während nadelgestreifte Ehrenmänner in der zivilen Etappe ihre Gewinne anhäuften. Ich verteidigte ihre herrlichen Villen und blauen Swimmingpools mit eiserner Solidarität.
Die Stelleninserate waren nicht mehr als eine Ansammlung von lausigen Angeboten. Eine einzige Anzeige gewann wegen ihrer Grösse meine Aufmerksamkeit. Doch was ich da las, dieses Kauderwelsch der programmierten Zukunft, liess meine Hoffnung subito bis zum Wrack der Titanic sinken. Der begehrte Informatik-Trainer musste eine höhere

Fachausbildung in Richtung Wirtschaftsinformation abgeschlossen haben, weiter über breite Kenntnisse im Bereich SAP, in der MS-Office-Umgebung inkl. Windows NT und Internet/WWW verfügen.
Böhmische Dörfer für einen wie mich. Nein, diesem Anforderungsprofil konnte ich nicht gerecht werden. Wollte es auch nicht. 'Ihr könnt mir doch alle!' schmetterte ich mit der Stimme eines Pavarotti, so dass mein denkwürdiger Satz bis in die Unterführung schallte, sich dort an den Wänden mehrfach brach und wieder hinauffand, in der Kuppel der Bahnhofshalle sein Leben aushauchte. Mir stand die Welt offen. Mit meinem Charme und meiner Eloquenz würde ich die Frauen entzücken, den Erfolg auf meine Seite ziehen.
Schliesslich ist Anmacher auch ein Beruf.
Also, was konnte schon in die Hose gehen?

Die Reisenden, die noch warteten, ungeduldig hin und her gingen wie aufgeregte Strandläufer, blieben stehen, sahen sich um und blickten mich mit dem Unverständnis funktionierender Marionetten an, manche mitleidig, andere geringschätzig. Ich gehörte nicht zu diesen Schafsköpfen, und so wäre jede laute Reaktion an ihrem dicken Fell abgeprallt. Ich strafte sie mit Verachtung.
Aber was sollte ich als Informatik-Trainer vor einem Bildschirm, meine Damen und Herren Personalchefs, die meiste Zeit des Tages vor diesem elektronischen Geflimmer, das mein Gehirn matt setzte für die Ereignisse draussen? Abends dann würde ich mir

gierig die Soap-operas als Ersatz für das verpasste Leben reinziehen. Immer nur vor diesen Ikonen der Moderne, nie aber mittendrin in der Wirklichkeit.

Meine Libido wäre verkümmert, in den allseits ausgeleuchteten Büroräumen hätte ich sogar noch meinen Schatten verloren. Wohl nicht von ungefähr wurde in einer Studie über Computerfachleute, womit für einmal nur die Männer gemeint waren, behauptet, dass sich diese abgeschlafften Säcke oft in den Puffs bei Dominas austobten. Lassen wir das, ermahnte ich mich, Moralisieren hilft nicht, bringt nichts und macht impotent, allen frommen Sektierern und Fundis zum Trotz, die bald einmal hier auftauchen würden mit ihren Käsgesichtern, Traktätchen in den schweissigen Händen. Die hatten mir gerade noch gefehlt, besonders wenn sie annahmen, mich als verlorenes Schaf heimholen zu müssen in den trockenen Schoss ihrer Verkündigung. Ich faltete die Zeitung zusammen, und da ein Elektromobil auf mich zufuhr, mit den kreisenden Bürsten und dem Saugrüssel alles aufnahm, was die wohlgesitteten Mitteleuropäer fallengelassen hatten, warf ich sie ihm zum Frass hin. Das gefiel dem Mann auf dem Fahrzeug überhaupt nicht, er fuchtelte mit den Armen, vernachlässigte dabei sträflich die Lenkung. Als ich nicht aufsprang und die Zeitung auflas, rief er mir etwas zu, was ich nicht verstand, weil ein Zug in die Halle rollte.

Der Sog des Luftwirbels trieb die Zeitung unter die Räder.

Damit war die Sache für mich und den Mann auf dem Elektromobil erledigt, und wir hätten einander zulachen können, doch meine Aufmerksamkeit galt schon den Leuten, die ausstiegen. Sie hatten rote Köpfe und einen verwirrten Blick, als hätten sie gerade gebeichtet.

Auf meiner Höhe stieg eine junge Frau aus, wuchtete einen Koffer, von der Schulter baumelte ihre Handtasche; sie drohte jeden Moment hinunterzurutschen. Ich sah mit einem Blick, dass das nicht gutgehen konnte. Bis heute hatte es noch kein verantwortlicher Planer geschafft, die Tritte bei den Wagen auf das Niveau des Bahnsteigs oder umgekehrt so abzustimmen, dass das Einsteigen nicht zu einer Kletterpartie und das Aussteigen nicht zu waghalsiger Akrobatik geriet. Bevor die junge Frau tatsächlich strauchelte, wusste ich schon, dass sie in den nächsten Sekunden mit den Armen rudernd zwischen Himmel und Erde schweben und dann von der Schwerkraft zu Boden gerissen würde.

Mein Kavaliersinstinkt war geweckt.

Ich schnellte von der Bank hoch und vermochte sie noch im Sturz aufzufangen, sie sicher auf den Bahnsteig zu stellen. Ihr Atem streifte mein Gesicht wie eine Liebkosung, doch die Kraftanstrengung hatte mich stumm gemacht, die Beredsamkeit, auf die ich mich sonst immer verlassen durfte, war weggeblasen wie die Zeitung.

So vermochte aus dieser knisternden Nähe kein zündender Funke überzuspringen. Ich vernahm noch ihr gehauchtes ‘Danke’ und musste sie ziehen lassen.

Woher hätte ich im Auffangen von Frauen geübt sein sollen?
Sie entschwand, und ich hatte das untrügliche Gefühl, sie hätte mein rettender Engel sein können.
Eine verpatzte Gelegenheit, meinem verkorksten Leben eine Wende zu geben. Allmählich wurde die Zeit knapp, wollte ich nicht von der Heilsarmee mit Pauken und Trompeten vertrieben werden.
Es lag nicht in meiner Absicht, den Bahnhof mit leeren Händen zu verlassen, jetzt, wo ich so schön eingestimmt war auf die wildesten Abenteuer: Ich hatte John Rifle, Armani und Lagerfeld sterben sehen, hautnah Derrick bestaunen dürfen - und fast wäre mir eine schöne Frau ins Garn gegangen.
Ein Feigling war ich nicht. Schadenfroh hätte sich die sündhaft hässliche Nachbarin ins Fäustchen gelacht, wenn ich kleinlaut und allein nach Hause in meine Wohnung geschlichen wäre.
Wie ein Affe hätte sie mich am nächsten Tag angefeixt, aus ihrer Beobachtung durch das Guckloch wäre meine Niederlage zu ihrer Hoffnung geworden. Eine Rückkehr, bevor sie schlief, konnte ich demnach weder ihr noch mir zumuten.
Aus dem Lautsprecher erfuhr ich, dass nur noch ein Vorortszug ankommen werde, während der schicke EC von Hamburg nach Rom mit seinen Schlafwagen für Reisende geschlossen bleibe.
Eine niederschmetternde Nachricht. Als meine Zuversicht bereits zu einem Häufchen Elend geschrumpft war, winkte mir doch noch das Glück. Es erschien mir in Gestalt der Frau, die zuletzt einen der

hintersten Wagen des IC verlassen haben musste, und die ich wegen meiner überstürzten Hilfeleistung übersehen hatte. Sie näherte sich langsam, beinahe zögernd, wirkte irgendwie schutzbedürftig. Gewieft wie ein übler Schürzenjäger wartete ich und äugte ihr unverfänglich entgegen. Die Frau war nicht so taufrisch, wie es aus der Ferne den Anschein gemacht hatte, aber das spielte nun keine entscheidende Rolle. Sie war, wenigstens vorläufig, mein Strohhalm, an den sich meine ganze verkrachte Existenz klammerte.

Es erwies sich als Vorteil, dass ich in der mir eingeredeten Absicht, nach Berlin zu fahren, meine besten Klamotten hervorgeholt hatte. Der Anzug hatte zwar nicht mehr den neusten Schnitt, doch er verlieh mir nicht zuletzt deswegen ein geradezu unverschämt seriöses Aussehen. Ein ideales Outfit für meinen Auftritt.

Die Frau trug mit grosser Anstrengung zwei Koffer. Das war ein grosses Plus für mich: Sie konnte, wenn ich sie anquatschte, nicht gleich davonrennen.

Wie zufällig erhob ich mich von der Bank, auf der ich mich wieder niedergelassen hatte, schlenderte einige Schritte in die entgegengesetzte Richtung, um mich sozusagen unbeabsichtigt umdrehen zu können.

Ich liess mir Zeit dafür, damit nicht der Eindruck entstand, das Prozedere sei inszeniert; eine äusserst diffizile Sache.

Nichts Schlimmeres als eine ungeschickte Bewegung, die den Verdacht auf eine bestimmte Absicht

hätte aufkommen lassen. Schon zu Beginn des Präludiums wäre alles verloren gewesen.
Schnell überlegte ich mir noch einmal den vorgesehenen Ablauf. Bilder hetzten durch meinen Kopf, Filmausschnitte, in denen Schauspieler und Schauspielerinnen versuchten, ähnliche Situationen zu spielen. Mir rutschte das Herz in die Hose, als ich vorgeführt bekam, was dabei alles schiefgehen konnte.
Und nun war kein Schritt, kein Lächeln, keine einzige Geste durch ein Drehbuch vorgegeben, ich war ganz auf mich gestellt in diesem verdammten Bahnhof, der mit seiner Atmosphäre wohl Sehnsucht schürte, nicht aber unbedingt das Verlangen nach einer intimeren Begegnung.
Es war wahrscheinlich diese innere Überreizung, dass ich plötzlich einen starken Harndrang verspürte. Jedenfalls war ich drauf und dran, die geplante Übung abzublasen.
Das war der Unterschied zu diesen wunderbaren Liebesfilmen, die Heerscharen zum Schluchzen brachten: Keiner der Akteure musste mitten in der entscheidenden Szene hinaus, um zu pinkeln. Zwischenfälle kamen allenfalls von aussen, waren exogen. Die Handlung wurde dadurch verzögert, der innig erwartete Körperkontakt hinausgeschoben, aber nicht verhindert wie bei der Peinlichkeit des Wasserlassens. Fiktion und Wirklichkeit waren eben zweierlei Paar Stiefel.
Würde mir je von der Gunst des Schicksals Gelegenheit geboten, einen Film zu drehen, so würde ich,

ungeachtet der Empfindsamkeit zarter Gemüter, mit aller Deutlichkeit ein solches menschliches Bedürfnis zeigen. Nicht als komödiantische Neckerei, vielmehr im Sinn der griechischen Tragödie.
Mitten in der entscheidenden Annäherung, wenn die Hormone Kopf und Körper in helle Aufruhr versetzten, verzöge mein Held sein schmachtendes Gesicht und lispelte: Verzeih mir, Liebling, aber ich muss mal dringend. Oder so ähnlich. Einige Dummköpfe würden sich kugeln vor Lachen, andere verliessen wütend das Kino, die Kritiker jedoch - dessen durfte ich mir sicher sein - jubelten mich in den höchsten Kastratentönen hoch, hievten mit ihrem metaphysischen Gequassel die Szene in die Unsterblichkeit der Filmgeschichte.
Die Kunst hingegen, müsste ich diesen Schwadroneuren zurufen, ist nicht die Darstellung dieses physiologisch bedingten Dranges an sich, sondern die erneute Verknüpfung des Vorher mit dem Nachher.
Es gab keine Ausrede, ich musste den folgenschweren Entscheid treffen, ob ich verduften oder mit vollem Risiko die Chose durchziehen solle.
Mit der Verzeiflung eines Menschen, der spätabends in einer Bahnhofshalle zu stranden droht, und unter dem Eindruck eines dreifachen Mordes entschloss ich mich, alles auf eine Karte zu setzen.
Ich machte kehrt, nicht hastig, aber auch nicht gelangweilt, eher so etwas mittendrin im Ablauf dieser vorentscheidenden Sequenz, und sah mich auf etwa zehn Meter der Frau gegenüber. Ziemlich erschöpft stellte sie ihre beiden Koffer ab und strich sich die

Haare aus dem Gesicht. Und es war diese Geste, eben das resignierte und sinnlose Wegstreichen der Haare, die mir Mut machte. Da stand vor mir eine einsame Seele, verunsichert durch die Ankunft in einer fremden Stadt.
Mehr hätte ich mir gar nicht wünschen dürfen, um nicht die Götter herauszufordern, sie mir zürnend auf den Hals zu laden.
Ich ging auf die Frau zu, und es bestätigte sich mein erster Eindruck, dass sie tatsächlich nicht mehr die Jüngste war, den Schmelz ihrer Jugend aber noch nicht ganz verloren hatte.
Dieser Umstand konnte sich zu meinen Gunsten oder Ungunsten auswirken, das war mir durchaus klar. Freilich, jede Begegnung zweier sich fremder Menschen war ein Vabanquespiel, der Verlierer stand nicht fest. Es bedurfte nur einer Kleinigkeit und das Ding lief aus dem Ruder. Der Schrottplatz missverstandener Gefühle lag nie weit weg.
Ich überschätzte mich keineswegs, wusste, dass ich kein Adonis war, auch nicht der Typ eines John Rifle, Armani oder Lagerfeld. Mir fehlten sowohl das kindlich Unschuldige als auch das ausgekochte Pokerface eines Clint Eastwood. Vielleicht war es gerade diese gewisse Durchschnittlichkeit im Aussehen, die mir jeweils einen Vorteil verschafft hatte. Ich erweckte nicht den Anschein, ich sei der Fuchs im Hühnerstall. Die Chancen standen wohl auch jetzt nicht schlecht.
Die Sache musste zu Beginn rasch anrollen, ja keine Slow-Motion, sie gäbe der Frau Gelegenheit, sich zu

sammeln, meine Annäherung mit ein paar giftigen Worten abzuschmettern. Hingegen durfte ich durchaus eine gewisse Hilflosigkeit vorschützen, um nicht als billiger Aufreisser abzublitzen. Meine geistigen Qualitäten würden dann bald meine wirklichen Werte in den Vordergrund rücken, einen falschen Eindruck von selbst korrigieren.

Mir fiel auf, dass die Frau nicht besonders grossgewachsen war; das kam meinem Unterfangen entgegen, wusste ich doch aus Erfahrung, dass ich mit meinen einhundertneunzig Zentimeter bei den Frauen als ehrlicher Beschützer eingeschätzt wurde.

Noch hatte die Frau ihre Koffer nicht wieder aufgenommen, als ich mich anerbot, ihr behilflich zu sein. Mein erster Satz war glatt aus meinem Mund gesprudelt, präzis und nüchtern. Ich war stolz auf meinen Auftritt, der mir nicht besser hätte gelingen können. Weder zu forsch noch zu schmierig auch in Haltung und Ausdruck, wie ich aus der Reaktion der Frau messerscharf schloss.

Sie sei sehr froh, piepste sie, von der langen Reise seien die Beine steif, und der Bekannte, mit dem sie sich verabredet habe, müsse aus irgendeinem Grund verhindert sein.

Sie blickte ein bisschen verstört in die Welt, und ihre Stimme klang nicht gerade wie eine Nachtigall.

Den Bekannten konnte ich wohl vergessen, er war bestimmt nur vorgeschützt. Da ich nun einmal den Wagen angeschoben hatte, wollte ich ihn nicht bremsen. Vorurteile hasste ich, auch die eigenen.

Alles in allem: Meine Ausganglage war vielversprechend. Vielleicht hatte ich bald einen Spatz in der Hand, und der war mir allemal lieber als die Tauben, die ihren Dreck fallen liessen.

Sie waren wirklich schwer, die zwei Koffer, zerrten bedenklich an meinen Armen, und der Rücken bog sich zur Trauerweide. Doch ich wollte nicht nur, ich musste eine gute Figur machen, mindestens die doppelte Strecke wie die Frau zurücklegen, bis ich mir eine Verschnaufpause gönnen durfte.
Da ich fast die ganze Konzentration darauf verwenden musste, mir nichts von der Anstrengung anmerken zu lassen, mich nicht als schwächliche und kurzatmige Witzfigur gleich selber abzuschreiben, fehlte mir die Kraft, um meine Redegabe zu entfalten und mit einem geistreichen Feuerwerk die Sympathie der Frau endgültig zu gewinnen. Ich machte aus meiner Not ein beidseitiges Kompliment, sagte: „Wie haben Sie das nur geschafft, mit diesen Koffern zu reisen, sie sind ja schwer wie Blei."
Sie lachte schrill, erwiderte: „Heutzutage ist frau eben selbständig."
Das war es, das gefürchtete Eigentor.
Ich bemühte mich, ein Lächeln aufzusetzen, damit sie nicht etwa glaubte, ich würde mich in meiner Machoseele getroffen fühlen.
Die Frau sprach einen Dialekt, den ich nicht einzuordnen vermochte. Ich heuchelte Interesse und fragte, woher sie angereist sei.
„Aus München", sagte sie, nicht mehr.

Ihre Antworten waren so knapp wie meine Puste.
„Oh“, sagte ich mit gespielter Überraschung, als hätte sie Moskau genannt, „eine faszinierende Stadt.“
Absichtlich wählte ich das Beiwort ‘faszinierend’; wenn auch nicht ausgefallen, so verriet es doch eine gewisse Bildung, leitete schnörkellos über zur Feststellung, dass ich München nicht gut kenne, nur einmal für zwei Tage als Teilnehmer an einem sprachwissenschaftlichen Kongress dort gewesen sei.
Sodann vertiefte ich die Lüge mit der Bemerkung, dass ein so kurzer Aufenthalt natürlich nie ausreiche, um auch nur annähernd eine Stadt und ihre Bewohner kennenzulernen. Zur Zeit sei ja München hoch im Kurs, hier in der Stadt laufe gerade der Film ‘Rossini’, den sie sich bestimmt schon angesehen habe. Ihr ‘Nein‘ schlug hart wie eine Axt an die Wurzel meines Selbstbewusstseins. Langsam näherten wir uns dem Ausgang, noch war überhaupt nichts erreicht. Eine verdammt schwierige Kutschenfahrt. Ich musste mir dringend etwas einfallen lassen, sonst bliebe die Karre stecken.
Ich stellte die Koffer ab, um meinen strapazierten Gliedmassen und der Lunge eine Verschnaufpause zu gewähren.
Für das mühsame Anlaufen des Unternehmens gab es nur eine Erklärung: Ich war gründlich aus der Übung gekommen und wusste kaum noch, wie man mit Anstand die Bekanntschaft einer Frau macht.
Noch einmal bemühte ich mich, die Kurve zu kratzen. Ich setzte den Bohrer an einer anderen Stelle an.

„Sie werden von der Stadt hier enttäuscht sein“, sagte ich. „Gemessen an München ist sie tiefe Provinz. Viele, die von auswärts kommen, haben Mühe, sich zurechtzufinden. Aber Sie brauchen wohl keine Ratschläge, es sei denn, Sie suchen ein Hotel, das Ihren persönlichen Wünschen entspricht, für Ihren Aufenthalt auch eine günstige Lage hat.“
Die Frau schielte mich von der Seite an, nicht unfreundlich oder brüskiert, eher misstrauisch. Der Ball lag nun bei ihr, ihre Antwort entschied, ob ich auf die Tribüne verbannt würde.
Vielleicht um Zeit zu gewinnen, deutete sie auf die mit Kreide markierten Umrisse auf dem Boden.
„Was ist denn das?“ fragte sie.
Ich hätte die Frau dafür umarmen mögen, auch die drei Toten hätte ich auf die Wange geküsst. Was für einen Beistand leisteten sie mir selbst noch in verblichenem Zustand!
Ohne zu zögern packte ich die Chance, erwiderte: „Vor etwa zwei Stunden haben sich an dieser Stelle John Rifle, Armani und Lagerfeld umgebracht. Eine verrückte Schiesserei.“
Sogleich bereute ich meine Offenheit, vor allem die Zeitangabe.
‘Vor zwei Stunden’, das könnte den Verdacht wekken, ich sei im Bahnhof herumgestreunt, sei ein Tagedieb, ein gestrandeter Casanova.
Dieses Kainsmal wollte ich mir nicht anheften lassen.
„Ganz so schlimm war es übrigens nicht“, wiegelte ich ab, „es wurde nur eine Szene zu einer weiteren

Folge von 'Derrick' gedreht. Der wird Ihnen sicher ein Begriff sein. Ich hatte eine kleine Nebenrolle, ein paar Sätze. Wissen Sie, was ich sagen musste?"
„Nein", sagte die Frau. Was anderes hätte sie auf meine rhetorische Unbeholfenheit denn antworten können? Trotzdem, es war bis jetzt das Beste, was mir über die Lippen gekommen war.
Freudig schlüpfte ich in die Rolle eines geübten Märchenerzählers:
„Ich hatte auf die Frage des Assistenten Klein 'Haben Sie etwas von dieser Schiesserei gesehen?' zu antworten: 'Wenig, ich wartete auf den Zug nach Berlin, da hörte ich die Schüsse.'
Worauf Klein nachhakte: 'Und sonst noch was?'
'Als es wieder still war, näherte ich mich dem Ort der Tat, sah die drei Leichen.'
Jetzt mischte sich Derrick ein.
'Und kannten Sie einen davon oder alle?'
'Nein', musste ich entgegnen, 'ich habe die Männer vorher noch nie gesehen.'
„Das war natürlich gelogen", sagte ich, nun wieder der Frau an meiner Seite zugewandt. „Die drei sind mir sehr gut bekannt, es waren keine Geringeren als John Rifle, Armani und Lagerfeld."
Was ich inständig gehofft hatte, traf ein. Die Frau lachte, herzhaft, und dabei gefiel sie mir immer besser. Sie wirkte jetzt schon ziemlich locker, ein gewisses Vertrauen zu mir schien sich eingestellt zu haben.
Dann wurde sie auf einmal wieder ernst.
„Wollen Sie mir einen Bären aufbinden?"

Das hätte ich als Kompliment reinschlecken können, doch ich musste die beleidigte Leberwurst hervorzaubern, um nicht als billiger Jakob dazustehen.
So sagte ich: „Aber ich bitte Sie, nichts liegt mir ferner als das."
Sie begriff, drehte den Spiess um, erwiderte flapsig: „Da hab ich mir aber einen schönen Begleiter aufgehalst."
„Das werden wir ja sehen", scherzte ich zurück.
Jedenfalls war die Beförderung zum Begleiter Sphärenmusik in meinen Ohren. Alles lief wie am Schnürchen, der Faden spulte ab. Ich spürte, wie ich allmählich über mich hinauswuchs, meine alte Form zurückgewann.
„Tja", löckte ich, „nun wissen Sie schon einiges über mich. Darf ich Sie fragen, was Sie hierhergeführt hat?"
Was ich erhofft, aber dennoch nicht so schlank erwartet hatte, traf ein. Sie begann zu erzählen.
„Ich bin - oder genauer war - in der Werbebranche tätig, in einer Fullservice Agency in München, aber da brachen einige wichtige Budgets weg, ich wurde entlassen. Nun arbeite ich für eine schweizerische Agentur. Und um das auch zu klären: Ich komme aus Uri. Das merkt man immer noch, obwohl ich über zehn Jahre in Deutschland gelebt habe."
O Gott, dachte ich, die ist katholisch.
Selbstverständlich liess ich mir nichts anmerken. Sie schwamm so freizügig im Redefluss. „Wie schon einmal gesagt, sollte ich abgeholt werden, ich bin fremd hier. Nun sitze ich fest."

Das Signal ist geblasen, sagte ich mir; voll in die Offensive, auf zur Attacke, hic et nunc.
„Dann bring ich Sie zu einem Hotel, vielleicht können wir zusammen noch etwas essen. Sie haben bestimmt Hunger.“
Inzwischen hatte ich die Koffer wieder hochgehoben und schleppte sie entschieden dem Ausgang zu.
Sie probte keinen Aufstand.
Du bist der geborene Verführer, lobte ich mich.
Und schon ging mir der uralte Schlager durch den Kopf: ‘Du hast Glück bei den Frau‘n, Bel ami.’
Beim Taxistand mussten wir warten, was mir äusserst unangenehm war. Sie hätte die Gelegenheit benützen können, um mich elegant loszuwerden. Um diese Gefahr abzuwenden, schlüpfte ich vollends in den Mantel des Kavaliers alter Schule und stellte mich vor.
„Übrigens“, sagte ich mit einer angedeuteten Verneigung, „mein Name ist Igor Golodkowski, meine Vorfahren waren russische Landadlige.“
Das klang reichlich gespreizt, streifte die Grenze des Glaubwürdigen. Dennoch machte es einen Sinn, und ich sollte mich in meiner Berechnung nicht täuschen.
Sie verriet mir ihren Namen: Ruth Schneider.
Das Taxi fuhr vor, wir stiegen ein, ich vorn, Ruth im Fond.
Ich nannte ein Hotel in der Innenstadt, nahe beim Rhein, mit dem Hintergedanken, dass wir vielleicht in der Nacht noch einen Spaziergang in trauter Zweisamkeit machen könnten.

Wie es sich für einen Gentleman geziemt, verabschiedete ich mich in der Hotellounge, bekräftigte meine Einladung für ein Nachtessen, schlug vor, sie hier abzuholen, in einer halben Stunde.
„Möglich, dass sich mein Bekannter noch meldet", sagte sie, aber wenig überzeugend. Woher sollte er wissen, wo ich Ruth untergebracht hatte? Der Bekannte verwandelte sich endgültig in ein Phantom.

Es gab zwei Gründe, warum ich nicht in der Hotellounge wartete, mir nicht die Zeit mit den aufgelegten Prospekten und Broschüren oder einer Zeitung vertrieb. Zum einen hatte ich keinen Bock darauf, herumzupflaumen, mein Kreislauf war viel zu angeregt; und die Broschüren lockten mich auch nicht. Was sollte ich mit diesen Lobpreisungen der Stadt, mit dem Hohelied der wirklichen und der eingebildeten Vorzüge? Und Ratschläge für eine Bildungswanderung brauchte ich auch keine. Schliesslich musste ich den Schlüssel zu meinem Vögelein selber finden, um das Programm zu öffnen.
Die Zeitungen interessierten mich ebenfalls einen alten Hut, nicht einmal das Feuilleton, das ich sonst ab und zu auf Grund meiner kulturellen Neigungen lese. Aber die Secondhandwichserei hätte mir bloss die Sicht auf das wahrhaft Existierende verstellt - und das war diese Frau, meine Schwalbe.
Ich musste ihre Zuneigung gewinnen, und das hatte nichts mit Druckerschwärze zu tun. Alles war live, es galt, eine Reality Show abzuziehen.

Zum anderen, und das war die tiefere Ursache, warum ich nicht bleiben konnte: Ich hatte schlicht nicht genug Geld, um Ruth in einem Restaurant zu verwöhnen, wie es sich für einen Mann gehört, der ein weiteres Ziel verfolgt, als bloss in blaue Augen zu blicken und Händchen zu halten.
Darum musste ich unverzüglich Max anrufen.
Er sollte mir ein paar Scheine zu hundert Franken borgen.
Es hätte mir wenig genützt, noch so gut den Galan zum besten zu geben, ohne Bares - ein Checkheft besass ich ohnehin nicht - wäre das Schiff mit Sicherheit auf Grund gelaufen.
Also mussten diese blaublütigen Scheine her mit dem Porträt des Baumeisters Borromini, der ausgerechnet in Russland Kirchen und Paläste hingestellt hat und aussieht wie einer der drei Musketiere, überdies den jeweiligen Besitzer anschielt, als hätte der Falschgeld in der Hand. Mir gefällt diese Hunderternote trotzdem, weil der Betrag in den vier Landessprachen aufgedruckt ist, und hundert heisst im Rhätoromanischen 'tschent', was für meinen Vater gleichbedeutend mit 'grosszügig' war. Wenn er von einem Kollegen sagte, er sei ein tschenter Typ, dann war das ein grosses Kompliment.
Es geschah das Wunder, obwohl ich nicht an Wunder glaube, dass sich Max nach langem Läuten am Telefon meldete, verschlafen und verkatert wie meist. Es hätte auch sein können, dass er sich noch auf einer Sumpftour befand. Max nahm mein Anliegen gelassen entgegen, sperrte sich aber in allmäh-

lich wacherem Zustand dagegen mit der Allerweltsausrede, er sei ebenfalls pleite. Das glaubte ich ihm nicht, es war seine Eigenheit, immer pleite zu sein und trotzdem über Flüssiges zu verfügen; die entscheidende Frage war, wieviel er rumliegen hatte. Ich blieb hartnäckig, bekniete und beschwor ihn, mich diesmal und nur noch dieses eine Mal nicht im Stich zu lassen, es gehe um nichts weniger als um eine entscheidende Wende in meinem Leben. Er wusste natürlich genau, was darunter zu verstehen war.

Noch zierte er sich wie eine Jungfrau vor dem ersten Beischlaf, schliesslich willigte er ein, versprach mir drei Lappen, worauf ich ins Telefon rief, dass er ein tschenter Siech sei.

Erst dann bekannte ich, wie schnell ich die Moneten brauchte. Innerhalb einer halben Stunde, sonst sei die Wende im Eimer, für immer und ewig.

Murrend schluckte er auch diese Pille.

Ich stieg in die Strassenbahn, ohne gültigen Fahrschein versteht sich, gondelte bis zu Maxens Wohnung und holte mir die Glücksscheine. Ich hatte gar keine Zeit, darüber nachzudenken, warum Max soviel Bargeld mir nichts, dir nichts bei sich zu Hause aufbewahrte. Er hätte in allen Kneipen reichlich Kredit gehabt.

Dieselbe Strecke zurück, wiederum ohne Fahrschein. Und ich schaffte das schier Unmögliche, noch vor Ruth in der Hotellounge aufzukreuzen mit geschwellter Brust.

Sie liess sich offenbar Zeit, ich sah von Mal zu Mal nervöser auf die Uhr. Schon dachte ich, dass sie gar nicht mehr käme, sie entweder verduftet sei oder sich im Zimmer verleugne.
Die Versuchung lag nahe, sie der Mitgliedschaft im 'Verein christlicher junger Frauen' zu verdächtigen, der es sich auf die Fahne geschrieben hat, im Bahnhof Bösewichter aufzuspüren und sie der Polizei zu überstellen. Ich argwöhnte Schlimmes.
Aber es tauchte kein Bulle auf, es erschien Ruth Schneider, meine Eroberung. Und wie sie erschien!
In einem luftigen Kleid voller Frühling, und auf dem Gesicht trug sie ein Lächeln, das ein Versprechen war.
Hinreissend wie ein Model von Lagerfelds Truppe schritt sie auf mich zu. Bitter bereute ich es, von Max nicht eine seiner auserlesenen, einmalig teuren Klamotten ausgeliehen zu haben. Wie ein Bräutigam hätte ich jetzt vor ihr gestanden.
Zu spät, um darüber nachzusinnen, diese Chance hatte ich vermasselt. Nun bedurfte Ruth meiner ganzen Aufmerksamkeit.
Ich erwartete sie neben den Plüschsesseln, die sündenpfuhlhaft vor sich hingammelten. Durch ein halbgeöffnetes Fenster rauschte der Rhein oder der Verkehr, das eine tönte wie das andere.
Ein Bilderbuchabend, der in die wohlige Schwüle der Nacht eingebettet war. Drei oder vier Schritte ging ich ihr entgegen, küsste ihre Hand. Das schwere Parfüm benebelte meine Sinne.

Bei der Begrüssung stolperte sie über meinen Namen, der Golodkowski wollte ihr nicht über die Lippen. Das hatte ich geahnt; es überraschte mich nicht. Ich durfte wieder einen Punkt für mich verbuchen. Entschlossen schlug ich ihr vor, obschon das an ihr gelegen hätte, uns zu duzen. Sie irritierte mich mit einem lauen 'Warum nicht?' Ich deutete ihre Zurückhaltung als frühe Warnung; sie wollte wohl eine Grenze ziehen, die zu überschreiten sie mir nicht anriete.

Sowas gehörte zum Spiel, war nicht allzu ernst zu nehmen.

Ich hielt die gläserne Flügeltür, Ruth glitt auf dem dicken Teppich, einem scheusslichen Perser, lautlos an mir vorbei, und schon stand ich erneut bereit, öffnete ihr die nächste Tür, die uns ins Freie führte.

Bei diesem etwas komplizierten Manöver stellte ich fest, dass Ruth bis weit hinunter nackten Rücken zeigte.

Am liebsten hätte ich vor Begeisterung durch die Zähne gepfiffen.

Draussen legte ich ihr überzeugend dar, dass zu so später Stunde nur noch wenige Speiserestaurants offen und warme Küche hätten. Und die seien am besten zu Fuss zu erreichen. Damit war die Frage nach einem Taxi oder einem eigenen Wagen vorläufig geklärt.

Mit gestrecktem Arm wies ich die Richtung, die wir einzuschlagen hatten. Bei dieser Bewegung rutschte mein Jackettärmel über das Handgelenk zurück, ge-

rade so weit, dass die teure Rolex, das Geschenk einer ehemaligen Freundin, zum Vorschein kam.
Gemächlich überquerten wir die Brücke, der Mond spiegelte sich im Wasser. Eine Eichendorff-Kulisse, die Frauenherzen höher schlagen liess, sie der Verführung öffnete. Doch darauf anzuspielen, und sei es nur mit einem zarten Wort, hätte alles zunichte machen können. Der Augenblick dazu war noch nicht gekommen. Ich vermied also jeden weiteren Gedanken daran, um mich nicht selber in Zugzwang zu bringen. Mein bisheriger Lebenswandel hatte mich gelehrt, dass ein solcher Abend einer Steigerung bedurfte, sollte er im nachhinein als beglückend empfunden werden.
Ruth schien von der Silhouette des Rheinufers besonders beeindruckt zu sein, sie hielt ihre Schritte an und staunte gegen das Münster, das für den Einstieg in Zärtlichkeiten immer geeignet war.
Darum beschloss ich, Ruth nach dem Essen zur Pfalz, einer mit Kastanienbäumen bepflanzten, lauschigen Terrasse über dem Fluss, zu führen.
Und wenn Ruth nicht in allerletzter Minute wieder den Bekannten aus ihrer Trickkiste holte, dann war alles Weitere gelaufen. Das flüsterte mir mein siebter Sinn zu. Und auf ihn war Verlass.
Beim Gehen vermied ich es aus einer gewissen Vorsicht, Ruth zu nahe zu kommen. Ich wahrte einen knappen seitlichen Abstand, damit sie nicht zurückscheute, aber auch, um ihr meinen Respekt zu bekunden.

Im Lauf der Jahre war ich zu einem begeisterten Anhänger des Freiherrn von Knigge geworden, dessen Leitfaden in einer neu bearbeiteten Fassung in meinem Bücherregal stand. Der abgegriffene Umschlag hätte jedem Besucher verraten, dass das Vademecum guten Benehmens fleissig konsultiert wurde. Ich hielt es freilich für angebracht, nicht alle Regeln oder Empfehlungen stur zu befolgen, denn seit der letzten Ausgabe des Buches waren schon wieder einige Jahre vergangen. Manches, was zu jener Zeit in gepflegten Kreisen noch üblich war, wirkte jetzt übertrieben oder schlicht lächerlich.
So wäre es mir kaum mehr in den Sinn gekommen, einer Tischdame hinter ihrem Rücken den Stuhl dicht an ihre Kniekehlen zu schieben und so lange bereitzuhalten, bis sie sich bequemte, sich hinzusetzen. Eine derartige Förmlichkeit ersparte ich mir, wenn ich auch nicht darauf verzichtete, den Stuhl vom Tisch wegzurücken und mich erst niederzulassen, wenn die Dame Platz genommen hatte.
Ich war auf alles gut vorbereitet, ohne weiteres hätte ich an einer Party des englischen Königshauses oder an einem Staatsempfang teilnehmen können, ohne dass mir eine grobe Ungeschicklichkeit unterlaufen wäre, selbst bei einer Papstaudienz hätte ich eine gute Figur gemacht. Das verlieh mir grosse Sicherheit, die noch erhöht wurde durch das Bewusstsein meiner Begabung auf einem anderen, verwandten Gebiet, wo viele versagen, dem der Konversation nämlich. Konversation kann man nicht lernen - man kann höchstens die Technik verfeinern. Ohne Über-

heblichkeit darf ich von mir behaupten, in dieser Beziehung ein Naturtalent zu sein. Mir wurde wohl schon an der Wiege gesungen, dass ich dereinst durch meine einnehmende Stimme und die feinfühligen Bemerkungen bei jeder Unterhaltung zu glänzen vermöchte. Und zwar auf allen gesellschaftlichen Ebenen, meine Phantasie und meine Formulierungsgabe liessen mich schnell die Aufmerksamkeit jedwelcher Personen gewinnen.
Der beste Beweis für meine Beliebtheit waren die zahlreichen Einladungen, die ich erhielt; nicht wenige Gastgeber, die mich zum wiederholten Mal als Gast begehrten. Der häufige Besuch von Veranstaltungen kultivierte meine Umgangsformen und schenkte mir eine wachsende Selbstsicherheit, die ich in aller Bescheidenheit nutzte. Mittlerweile war die Teilnahme an geselligen Anlässen zu meinem eigentlichen Beruf geworden. Ich ernährte mich weitgehend von den aufgetragenen Speisen und ersparte mir so die eigene Verköstigung, was mein ärmliches Budget wohltuend entlastete.
Was die Kleider betraf, die zu tragen manchmal vorgeschrieben war, konnte ich mich auf den Fundus von Max verlassen, der sich als gelegentlicher Dressman eine riesige Garderobe zugelegt hatte.

Wir betraten das Restaurant, ich steuerte mit sicherem Gespür auf einen Tisch in einer Ecke zu, wo wir einander ungestört in die Augen sehen konnten und niemand unser Gespräch belauschte.

Auf dem Tisch fehlte die Kerze nicht, was Ruth zu dem Ausruf 'Oh, wie schön das ist!' verleitete. Ich nahm diese Reaktion als Zeichen, dass Ruth über eine zarte, feinspürige Seele verfügte. Und wenn alles weiterhin so ausgezeichnet klappte wie auf einer Theaterbühne, durfte ich hoffen, dass Ruth beim anschliessenden Spaziergang wachsweich in meine Arme fallen würde und mich endlich dicht zum Ziel meiner Wünsche brächte.

Vergessen der Bahnhof, der Tod von John Rifle, Armani und Lagerfeld; sie hatten ihren Part gut gespielt und brauchten nicht mehr aufzutauchen.

Nun war ich Zeremonienmeister, Regisseur und Hauptdarsteller in einem. Es lag jetzt allein an mir, dem grossen Mimen, Ruth glaubhafte Anteilnahme an ihrem Leben und Beruf vorzugaukeln, nicht um sie auszuhorchen, vielmehr um ihr das Gefühl zu vermitteln, sie stehe im Zentrum meines Denkens und Fühlens. Was ja nicht falsch war. Während die Gläser sich berührten, die Augen des anderen Seele suchten, wagte ich mich zum erstenmal aus der Deckung, sagte: „Auf unsere Freundschaft." Ruth zog sich gewandt aus der Affäre, indem sie ein unverbindliches 'Cheerio' über den Tisch flüsterte. Ich mass diesem Dämpfer keine weitere Bedeutung bei. Das gehörte zur Hinhaltetaktik, damit die Prinzessin ihr brennendes Herz dem Auserwählten nicht auf dem Präsentierteller darreichen musste.

Mir ging es vorerst darum, ihr Umfeld zu erkunden, das berufliche und später auch das private. Das brauchte Zeit, denn es gibt nichts Dümmeres, als

gleich mit der Tür ins Haus zu fallen. Eine abgedroschene Weisheit, doch nach wie vor gültig.
Ruth war wider Erwarten bereit, mir willig Auskunft zu geben. Ihre Augen leuchteten, und das Gesicht hatte sich im weichen Kerzenlicht um einige Jahre verjüngt, was meine Zirbeldrüse auf angenehme Art kitzelte.
„In München habe ich bei 'Schneller & Intensive' gearbeitet", begann sie. Ich befleissigte mich, ein erstauntes und anerkennendes „Was, bei 'Schneller & Intensive'!" folgen zu lassen, obwohl ich von dieser Agentur noch nie etwas gehört hatte, wie ich überhaupt auf dem Gebiet der Werbung ziemlich ahnungslos war. Aber ich handelte einmal mehr nach dem bewährten Prinzip, dass der Schein das Sein bestimme. Diese Maxime hat mich kaum je im Stich gelassen.
Mein Instinkt trog mich auch diesmal nicht, als ich aus dem Dunkel meiner Unkenntnis aufs Geratewohl sagte: „Hat diese Agentur nicht den umwerfenden Kräuter-Spot mit Göhnweier kreiert?"
Zu meiner Ehrenrettung sei angefügt, dass ich das Wort 'kreieren' zutiefst hasse. Jeder Yuppie spuckt dieses Wort aus, oft in den verschiedensten Abwandlungen wie kreativ, Kreation, Creative Director. Im jetzigen Zusammenhang war es unumgänglich. Dadurch wurde der Eindruck erweckt, ich sei auf der Höhe der Zeit, ein umfassend informierter Mensch.
Das nebenbei, nun wieder zurück zu unserem Tisch.
„Du bist also auf dem laufenden", sagte Ruth, sichtlich verblüfft.

Die Situation wurde für mich brenzlig, ich hatte mich weit aus dem Fenster gelehnt.
„Die Werbung gehört zum heutigen Leben. Sie ist oft das Salz im Alltag, ein Farbtupfer“, heuchelte ich und ergänzte: „Im übrigen war ein Kollege Texter in einer Werbeagentur.“ Das war zwar geschwindelt, aber gut erfunden. Manchmal heiligt der Zweck eben doch die Mittel.
„Alle Achtung, es stimmt“, sagte Ruth. „Der Spot mit Göhnweier ist tatsächlich aus dem Haus meines früheren Arbeitgebers.“
Als Blinder hatte ich einen Volltreffer erzielt. Doch etwas anderes hätte ich gar nicht aus meiner Trickkiste holen können.
Um ein Haar wäre ich der Versuchung erlegen, noch die Melodie zu diesem blöden Kräuter-Spot zu summen.
Im letzten Augenblick hielt ich mich zurück.
„Wolltest du nicht noch etwas sagen?“ fühlte mir Ruth auf den Zahn.
Ich schluckte leer und leitete über zu dem, was mich weit mehr beschäftigte: dem Verhältnis Ruths zu den Männern.
„Und wie ist dieser Göhnweier im Umgang?“
„Ach“, erwiderte Ruth, „eigentlich ganz nett, ein wenig oberflächlich und auf eine gekünstelte Weise witzig. Wie viele Männer heute.“
Sollte das etwa eine Warnung oder gar eine Anspielung sein?
Meine Alarmglocken läuteten.

Was ist das für ein Gesprächsniveau, schalt ich mich.
Gerade noch rechtzeitig kam ich vom Eis. Der Abend hätte in das von den Philosophen und Astronomen gleichermassen gefürchtete Nichts absacken können.
Das Kapitel musste schleunigst geschlossen werden.
Ruth benötigte offensichtlich eine längere Anlaufzeit, um auf Touren zu kommen.
Ich stellte unmerklich die Weichen, begann vorsichtig abzutasten, wo Ruths Interessen lagen. Das Gesprächsfeld erforderte dringend eine Erweiterung.
Ich war gefitzt genug, um zu ahnen, dass mir ein harter Brocken den Weg versperrte.
Doch ich war auch für solche heikle Situationen gewappnet, schon des öfteren hatte ich das Steuer herumreissen müssen. Meine geistige Asservatenkammer bot genug Möglichkeiten, eine begehrte Frau um den Finger zu wickeln. Nicht von ungefähr entschloss ich mich, auf das Gleis der hehren Literatur zu wechseln. Sie war das Mittel der Wahl für schwierige Fälle.
Gewiss konnte ich auch jetzt damit glänzen wie eine Trompete in der Sonne und mit wehmütigen Klängen genügend Punkte sammeln, um als Sieger den Ring zu verlassen.
Sanft würde ich Ruth in den Garten der Lyrik geleiten, wo wir zusammen lustwandeln könnten, während ich aus dem Gedächtnis Verse hervorzauberte, die selbst Granit geschmolzen hätten.

Mein gesamtes Repertoire wäre aufzubieten, denn Ruth war nicht die Frau, die sich im Sturm erobern liess.
Neidisch dachte ich an James Bond, den Inbegriff des modernen, mit allen Wassern des ausgehenden zwanzigsten Jahrhunderts gewaschenen Don Juan. Mit Sean Connery die Apotheose eines Mythos. Er war mein Idol, mit der Einschränkung allerdings, dass mir sein Ballern und Töten ganz und gar nicht gefiel. Aber das mit den Frauen - alle Hochachtung! Wie locker fand er den Übergang von der Arbeit zum Vergnügen - das machte ihm nicht so schnell einer nach. Immerhin durfte ich mich rühmen, in Sachen Verführung nicht nur ein dürftiger Anfänger zu sein.
Am einfachsten wäre es gewesen, Ruth hätte mich nach meiner Freizeitbeschäftigung gefragt. Aber sie sass mit verschlossenem Mund da. Wie hätte ich jetzt mit voller Kraft durch die Lyrik furchen sollen? Vergeblich wartete ich auf ein erlösendes Wort. Sie war eine verbockte Souffleuse.
Das Schweigen drohte das dünne Band des Einverständnisses zu zerreissen. Als Deus ex machina tauchte der Kellner auf, wollte nach dem Apéritif die Bestellung aufnehmen. Mir war egal, was ich ass. Deswegen sass ich ja nicht hier.
Ruth entschied sich rasch, ich schloss daraus scharfsinnig, dass sie doch von der schnellen Truppe war, auch wenn sie mir den Beweis bis jetzt nicht geliefert hatte. Eine solche Veranlagung konnte aber auch zweischneidig sein: Sie pendelte zwischen einem

überzeugten Ja und einem entschiedenen Nein. Dazwischen gab es nichts.
Ach, dieser vertrackte Dualismus, stöhnte ich innerlich, er lässt keine Spalte offen. Es gibt nur gut oder böse, links oder rechts, oben und unten. Bloss diese Wahl. Und ist ein Entscheid gefallen, so bleibt es meist dabei.
Zweimal Steak de veau, mit Gemüse garniert.
Dazu Rotwein.
Ich wählte mit Kennermiene einen Pommard, Jahrgang 1987.
Und noch immer kreiste ich in der Warteschlaufe, dürstete nach dem günstigen Augenblick, der es mir erlaubt hätte, meine poetischen Kenntnisse anzubringen. Um endlich eine Überleitung zu finden, sagte ich: „Ein schönes Lokal, gefällt es dir auch? Das Ambiente verströmt so etwas wie Poesie."
„Ja, das stimmt", hauchte Ruth.
Sofort hakte ich nach: „Man ist geradezu versucht, ein Gedicht zu rezitieren."
„Da bin ich aber gespannt."
Es war geschafft! Land in Sicht.
Vor Freude hätte ich mir wie ein Gorilla auf die Brust hämmern mögen. Doch schon zappelte ich in der Falle. Mein Kopf war eine wüste Leere, kein Vers, nicht eine halbe Zeile, geschweige denn eine ganze Strophe kam mir in den Sinn.
Ich raste in Windeseile durch die deutsche Literatur, von den Merseburger Zaubersprüchen zu Walther von der Vogelweide, weiter über Eichendorff, Mörike, Rilke bis hin zu Krolow. Nur schwarze Nacht,

kein Blitz, der mein Gedächtnis erleuchtet hätte. Bereits am Abgrund des Versagens schwebte die Undine Bachmann daher und lächelte mich an. Ich spitzte meinen Mund artig zum Gruss, bat um einen Vers. Die Bachmann starrte durch mich hindurch, ihre Lippen formten Wörter, ich vermochte sie fast abzulesen, aber eben nur fast, dann war der Spuk vorüber.

Anscheinend war aber jetzt mein Gehirn angeregt. Wenn du schon nicht zu zitieren vermagst, zischelte es mir zu, so strenge deine Phantasie an und mach selber ein Gedicht.

Während Ruth am Steak herumfummelte, sich Bissen um Bissen in den Mund schob, dichtete ich fieberhaft.

Schliesslich zog ich mich wie Münchhausen am eigenen Schopf aus der Verlegenheit, wisperte meiner Angebeteten über den Tisch:

„Der Schatten,/ Wanderer ohne Licht,/ hält die Sonne gefangen,/vermählt sich mit der Hoffnung."

Kaum hatte ich mich selber rezitiert, tauchten ernsthafte Bedenken auf, Ruth könnte meine Verse missverstehen. Besonders das mit dem Vermählen dünkte mich abgeschmackt, beinahe anzüglich. Ich hoffte inbrünstig, sie würde das im übertragenen Sinn deuten; soviel durfte ich ihr wohl zutrauen. Noch stierte ich auf meinen Teller, bis ich endlich den Mut fand, die Augen zaghaft aufzuschlagen. Ruth errötete, liess Messer und Gabel ruhen, wusste nicht so recht, was mit den Händen anfangen. Der Schein der flackernden Kerze tanzte über ihr Gesicht

und verklärte es so, dass ich glaubte, bis über beide Ohren verliebt zu sein.
Sie erlöste mich von dem unerträglichen Schweigen und gurrte: „Ich bin gerührt."
Bingo, dachte ich, du holst auf.
Und auch die nächste Runde ging an mich, nochmals ein Geschenk der Götter.
Ruth bescherte mir den Satz „Ein solcher Abend sollte nie enden."
Das war der Augenblick, um nach ihrer Hand zu greifen, sie zärtlich zu drücken und diesmal ohne Scheu ihre Augen zu suchen.
Sie schien über sich selbst erschrocken zu sein, zog ihre Hand zurück, freilich nicht plötzlich, wohl aber mit der Absicht, die Stimmung nicht weiter anzuheizen.
Das berührte mich wenig, ein solches Verhalten war mir nicht fremd, es gehörte in die Kategorie Scheinrückzug; ihm war weiter keine Bedeutung beizumessen.
Mich wunderte, dass sie nie danach fragte, was ich von Beruf sei. Das verletzte meinen Stolz, andererseits war ich heilfroh, nicht einen Offenbarungseid leisten oder wieder einmal mit einer Räubergeschichte aufwarten zu müssen.
Ruth wurde zusehends wortkarg, ich hatte den Eindruck, sie richte eine Mauer auf und verschanze sich dahinter. Vielleicht war sie müde, doch eine befriedigende Erklärung war das nicht.

Mir kam der anfängliche Schwung auch abhanden, so assen wir schweigend weiter, der Abend verzog sich noch mehr in die Nacht.
Ich besänftigte meine Unruhe damit, dass ich mir sagte, ein stilles Einverständnis sei mehr als eine gezwungene Konversation.
Inzwischen waren wir die einzigen Gäste, das Personal sehnte sich gähnend nach Feierabend.
Ich verlangte die Rechnung, legte ein fürstliches Trinkgeld hinzu und war in Gedanken schon woanders. Mir war klar, dass es nun um die Wurst ging.
Beim Aufbruch überlegte ich, was an dieser entscheidenden Stelle des Films John Rifle, Armani und Lagerfeld täten. Armani würde wohl seine Eroberung noch in eine Bar schleppen, um sie mit dem Stolz eines italienischen Gockels den Paparazzi-Amigos vorzuzeigen. Lagerfeld brächte sie im Porsche in seine Villa, wo er sie schnurstracks auf dem damastüberzogenen Doppelbett vernaschte. John Rifle aber, der Jeanshero, ritte seine Fee auf einer Harley Davidson zu einer Waldlichtung und bumste sie, bis ihre Haut von Grasflecken tätowiert wäre.
All das kam für mich nicht in Frage. Ich hatte nicht mehr genügend Cash, um noch einige Drinks zu spendieren, ebenso fehlte mir eine Villa, die Frauen schwach werden liess, und einen geilen Ofen auf zwei Rädern besass ich auch nicht.
Was mir blieb, waren der Charme eines Schürzenjägers und die Macht des Wortes. Damit musste ich es schaffen, das Glück auf meine Seite zu zwingen. Das war in der heutigen Zeit verdammt wenig, wenn

auch Ruth nicht die Frau war, die, allein von Luxus und Pracht geblendet, ihre Hüllen fallen liess. Sie brauchte zweifelsohne ein geistiges Stimulans. Deswegen lag sie in meiner Reichweite.
Mit einiger Zuversicht durfte ich davon träumen, in ihren Garten der Lüste eingeladen zu werden, wo wir am Morgen erschöpft und selig im Tau der Liebe erwachten.
Ich musste nur wieder ihr erotisches Begehren wachrütteln. Was hätte sich dazu besser geeignet als ein Spaziergang!

Ruth hakte zufrieden unter, ich lenkte unsere Schritte zum Münster, wo ich, nach einem kurzen kunsthistorischen Exkurs, Ruth unter den Kastanienbäumen zu küssen gedachte. Irgendwann musste das Vorspiel in eine ernsthaftere Phase übergehen, sonst verpuffte das Verlangen.
Kurz und gut, ich schmiegte mich unterwegs eng an Ruth und durfte mit Genugtuung feststellen, dass sie meinem sanften Druck nicht auswich.
Mir schien sogar, sie geniesse die Körpernähe.
Bei der Galluspforte blieb ich stehen, um ihr zu demonstrieren, dass mir der Geist ebenso wichtig war wie das Fleisch.
Ich erläuterte ihr die verschiedenen mittelalterlichen Motive, wies auf das Jüngste Gericht im Tympanon hin und erwähnte Christus auf dem Faltstuhl, wobei ich stolz einflocht, dass diese Sitzgelegenheit schon bei den alten Etruskern beliebtes Symbol der Herr-

schaft gewesen sei. Sodann kam ich auf die Apostel und den knienden Stifter des Münsters zu sprechen. All das aber nicht zu ausführlich, damit nicht der Eindruck entstand, ich sei ein blasser Schöngeist.

Aus einem anderen Grund überging ich am Sturz die klugen und törichten Jungfrauen; da winkte die Moral mit dem Zaunpfahl herunter. Desgleichen unterliess ich eine genauere Beschreibung des Glücksrads mit den ansteigenden und absteigenden Figuren. Beides hätte das sich anbahnende körperliche Einverständnis beeinträchtigen können.

Mir fiel auf, wie Ruth über meine kunsthistorischen Kenntnisse staunte; sie hing förmlich an meinen Lippen, schaute gebannt nach oben, wenn ich mit der Hand auf eine bestimmte Stelle des Portals deutete.

Nachdem ich mit meinem Wissen geglänzt hatte, führte ich Ruth weiter zur Terrasse, damit ich ihr die Stadt im Strahlenmeer der Lichter zeigen könne, wie ich behauptete. Wir lehnten an der Brüstung, als ich den Augenblick für den Liebesbeweis nicht mehr länger hinausschieben mochte. Ich tat, was ich schon lange wollte. Dabei kam mir zugute, dass ich einen Kopf grösser war als Ruth; so konnte ich erst beschützend meinen Arm um ihre Schultern legen, ohne dass damit eine heftige, ja begierige Bewegung verbunden gewesen wäre. Dann neigte ich meinen Kopf und gab ihr einen scheuen Kuss auf die Stirn, was wiederum den Eindruck verwischen sollte, ich wolle sie überrumpeln.

Sie liess mich gewähren, ich war wie ein Eichhörnchen auf der Hut, um bei der nächsten Stufe der Innigkeit die Übung sofort abzubrechen, sollte Ruth Anstalten machen, mich abzuweisen.
Um so verblüffter war ich, als sie ihre Arme um meinen Hals schlang, mir ihr Gesicht wie eine Süssspeise darbot. Jetzt hielt ich mich nicht mehr zurück, erwiderte ihr Verlangen und presste meine Lippen auf ihre. Die Welt begann zu versinken, der Boden wankte, als sei das Erdbeben von anno 1356 wiedergekehrt, und es hätte mich nicht verwundert, wäre wie damals die mächtige Glocke vom Münsterturm heruntergestürzt.
In solchen Momenten des Glücks versagt jedes Gefühl für die Zeit. Es ist daher nicht übertrieben, wenn in den Romanen für eine derartige Begebenheit der Satz verwendet wird: 'Sie wussten nicht, wie lange sie so dagestanden hatten, eng ineinander verschlungen.'
Ja, das hätte selbst John Rifle nicht besser hingekriegt, sagte ich mir, als sich Ruth irgendwann voller Zärtlichkeit von mir löste.
„Ich glaube, wir sollten gehen", sagte sie mit dem Schmelz der Liebe.
Die Fortsetzung des Spiels war programmiert.
Es war ein erster Triumph, den ich feiern konnte, ich kostete ihn aus.
Ich legte meinen Arm um ihre Taille. Schweigend gingen wir in Richtung ihres Hotels.
Selbstverständlich hätte ich sie gerne in meine Wohnung gelotst, um an das Ziel meiner Wünsche zu

kommen, denn zu Recht sagt das Sprichwort, man soll das Eisen schmieden, solange es heiss ist.
Aber meine zwei Zimmer in einem eher schäbigen Viertel konnte ich ihr nicht zumuten. Beim Anblick der engen Kammern und des Bettes, das noch von meinen lüsternen Träumen zerwühlt war, wäre sie bestimmt Hals über Kopf auf Nimmerwiedersehen davongerannt.
Innerlich bereitete ich mich auf den Abschied vor, tröstete mich damit, dass morgen auch noch ein Tag sei. Mir schwebte eine geradezu verwegene Idee vor, wie ich das Problem mit der Wohnung lösen könnte. Ich würde Max darum bitten, mir sein Appartement für ein Schäferstündchen zur Verfügung zu stellen.
Diese Aussicht verlieh mir wieder ein wenig Zuversicht, auch redete ich mir ein, in der kurzen Zeit schon mehr erreicht zu haben, als ich mir je ausgemalt hatte. Es wäre vermessen gewesen, mit dem Schicksal, diesem transzendenten Kobold, hadern zu wollen.
Und es geschah, wie ich vermutet und befürchtet hatte. In der Hotellounge gab sie mir höflich die Hand, bedankte sich für den unvergesslichen Abend. Dieses ‘unvergesslich’, sicher nicht gedankenlos ausgesprochen, liess mich aufhorchen. Das klang nach endgültigem Abschied.
So nicht, meine Turteltaube, flüsterte meine innere Stimme.
Mit der Selbstverständlichkeit, wie eins und eins zwei ist, hätte ich jetzt nochmals meine Verfüh-

rungskünste hervorzaubern müssen, gebündelt zu einer unwiderstehlichen Flamme.
Irgendetwas lähmte mich.
Da war nicht der zündende Soundtrack, der mich eingestimmt hätte. Diese Plüsch- und Plunderatmosphäre des Empfangsraumes, dazu die verstohlenen Blicke des Concierge nahmen mir den Schwung. Vielleicht war es auch die Angst, Ruth würde ausflippen, folgte ich ihr keck in den Lift. Bestimmt käme ihr die fromme Erziehung ins Gehege. Ich war überzeugt, dass sie wohlbehütet und mit dem Gebetbuch erzogen worden war. Wie eine Lokomotive am Prellbock wäre ich aufgefahren, hätte ich versucht, ihr auf den Pelz zu rücken.
Nein, für die Rolle des Draufgängers war hier nicht der Ort. Schliesslich wollte ich mir nicht schon am ersten Abend alles verscherzen. Ruth war eine Frau, die geködert werden musste. Auf die Schnelle war sie nicht zu haben. Also liess ich das Kaninchen im Zylinder.
Ich riss mich zusammen, sie sollte nichts von meiner Enttäuschung merken. Schliesslich hatte auch ich meinen Stolz.
Mit Festigkeit brachte ich meinen Wunsch vor, sie am nächsten Tag wieder zu treffen.
Ruth erwiderte unverbindlich, ich könne sie im Hotel anrufen, dann würden wir weitersehen.
Eine verdammt kalte Dusche.
Die Luft draussen war stickig, ich hatte Mühe mit dem Atmen. Die Ernüchterung setzte mir heftig zu,

mir war, als hätte ein kräftiger Faustschlag meine Sinne getrübt.
Ich stolperte mehrmals über den Rinnstein. Daran merkte ich, dass ich schwankte, mir der Boden unter den Füssen wegglitt. Das war nicht allein meiner Abfuhr zuzuschreiben, eher dem verwirrenden Gedanken, dass ich aufs falsche Pferd gesetzt hatte. Eine Blamage, wie ich beim Einlauf abgeworfen worden war. Sowas wäre John Rifle nie passiert, auch Lagerfeld kaum, höchstens dem Fatzke Armani. Ausserdem musste ich mir eingestehen, dass ein Bahnhof der ungeeignetste Ort war, eine Frau aufzureissen, dazu noch eine, die meinem Leben eine neue Perspektive hätte eröffnen sollen.

In der Wohnung entleerte ich endlich meine volle Blase, was auch meine Psyche erleichterte. Dann fiel ich aufs Bett und schlief wie ein Murmeltier im Winter. Kein Traum plagte mich, die Hirnströme gewährten mir Erholung.
Ich erwachte wie neu geboren.
Doch als ich auf die Uhr sah, war ich schon wieder der Gefangene meines Jagdinstinkts. Ich erschrak bis auf die Knochen: Viertel nach zehn! Mit einem einzigen Sprung stand ich beim Telefon, blätterte aufgeregt im Telefonbuch, verplemperte in meiner Verstörung wertvolle Minuten. Zittrig tippte ich endlich die Nummer des Hotels ein, liess dem Schweiss seinen Lauf.
Eine Männerstimme liess mich meine Hilflosigkeit vergessen. Obwohl ich wusste, dass es der Concierge

war, hatte sich mein Adrenalinspiegel blitzschnell auf einen Rivalen eingestellt.
Ich bat forsch, mich mit Frau Schneider zu verbinden.
Es folgten einige Sekunden völliger Stille, nur der intergalaktische Raum rauschte, bis sich die Stimme wieder meldete und mir lapidar mitteilte, dass Frau Schneider abgereist sei.
„Hat sie eine Nachricht hinterlassen?“ fragte ich mit der letzten Kraft meiner männlichen Selbstachtung.
Nochmals eine Pause, die das gesamte Weltgeschehen anhielt, dann das vernichtende und endgültige Nein.
Ich stand mit abgesägten Hosen da.
Bis zum Kinn steckte ich in der Kacke. Rundherum stank es zum Himmel. Voller Wut und Enttäuschung schrie ich: ‘Du blöde Zicke!’ Doch das änderte an der Situation nichts.
Ich musste mich selber wieder hochpäppeln, um nicht abzusaufen wie ein Stein. Doch das Wasser gurgelte bedrohlich.
John Rifle war mein Rettungsring. Er hielt sich bereit, mir beizustehen. Längst glaubte ich ihn mitsamt seinen zwei Gefährten in den Ewigen Jagdgründen. Doch er war da, wie er immer gegenwärtig zu sein schien. Ein wahrer Nothelfer.
Mit seiner brüchigen Stimme, diesem unverkennbaren Südstaatentimbre, grummelte er: At first, es hat keinen Sinn, diesem Miststück auch nur eine Träne nachzuweinen. Und zum zweiten: May be, dass sie eben doch katholisch ist und ihr Hymen für einen

keuschen Neujahrsempfang aufbewahrt. Schreib sie ab. Es gibt andere, die more lascivious sind. You cannot be always a winner.
Zugegeben, ich war schockiert über die grobe Sprache von John Rifle, Haudegen hin, Rauhbein her. Ich verwahrte mich dagegen, dass er Ruth derart in den Schmutz zog.
Das hatte sie trotz allem nicht verdient. Vielleicht war wirklich etwas Dringendes dazwischengekommen, das ihre plötzliche Abreise erzwang. Und wie hätte sie mich benachrichtigen sollen?
Um nicht in eine Depression zu stürzen, beschloss ich, die Funkstille zu nutzen und mir eine Stelle zu suchen. Dann könnte ich mir auch eine Wohnung leisten, die sich als Liebesnest eignete. Bei einer neuerlichen Pirsch wären so die Voraussetzungen weit besser.
Es war diese unfeine Art, wie Ruth mir den Laufpass gegeben hatte, die mich plattdrückte. Wenigstens ein paar freundliche Worte hätte sie im Hotel hinterlegen können. Nach diesem schönen Abend, an dem ich mich als echter und wahrhaftiger Kavalier benommen hatte. Ich klebte die Ausrede, dass bestimmt etwas Ausserordentliches vorgefallen war, als Trostpflaster auf die wunde Seele. Meine Gefühle schwankten hin und her.
Die Ungewissheit nagte meine Nerven blank.
Schliesslich stimmte ich John Rifle zu: Ruth war die falsche Frau.
Wie hatte ich nur so unbedarft sein können!
Ich zog mich an.

Die Zukunft ist mehr als diese eine Niederlage, sagte ich mir.

Am Kiosk um die Ecke kaufte ich eine Zeitung, erinnerte mich, dass ich das auch im Bahnhof getan hatte. Eine zwanghafte Wiederholung, nur dass jetzt das Räderwerk des Ernstes lief, nicht mehr aufzuhalten war. Der Start zu einem neuen Leben war unwiderruflich. Ein Flug zu den Sternen sollte es werden.
Am Rhein setzte ich mich auf eine Bank und forstete die Seiten nach Stelleninseraten durch. Dabei kam ich mir blöd und schwachsinnig vor. Aber es musste sein. Ausserdem wollte ich Max das gepumpte Geld zurückzahlen. Das war Ehrensache. Die Rezession blies mir erneut aus allen Löchern ihren kalten Atem entgegen. In meinem 'Beruf', wobei ich selber die Anführungszeichen setzte, als gescheiterter Germanist mit Kunstgeschichte im Nebenfach und als ausgewiesener Gelegenheitsallrounder blieben gerade der Job als Velokurier und eine Halbtagsstelle als Archivar. Wenn schon der Abstieg in den Trübsinn einer geregelten Arbeit, dann musste ich schnell handeln, sonst wären beide Stellen besetzt, noch bevor ich den Hintern von der Bank gehievt hatte.
Es waren die Telefonnummern angegeben, wo man sich für sein Lebensglück melden musste. Ein Zeichen, dass die Anforderungen nicht allzu hoch waren und keine Geistesakrobatik erforderten. Dementsprechend lag meine Qualifikation weit über der Latte. Ein Nachteil. Und ein weiterer kam hinzu: Wäre eine schriftliche Bewerbung verlangt worden,

hätte ich obenausgeschwungen dank dem Talent, meine Kenntnisse und Fähigkeiten ins beste Licht zu rücken, semantisch wohldosiert wie das Gewürz an einem guten Braten.

Ich war unentschlossen. Als Velokurier vermochte ich mich beim besten Willen nicht zu sehen: Auf dem Kopf einen dieser regenbogenfarbenen Helme, dazu ein teenagerhaftes T-Shirt und, das Grässlichste, eine auf der Haut klebende Latex-Hose. Das wäre weder ein Neuanfang noch ein meiner Persönlichkeit adäquater Auftritt in der Öffentlichkeit.

Auch das zweite Stellenangebot konnte mich nicht begeistern. Was hatte ich als kontaktfreudiger und kommunikationsbegabter Mensch in einem Archiv verloren? Die Frage beantwortete sich von selbst.

Ich wollte nicht als Oberturner auf einem Fahrrad meine Energie verpuffen oder als Aktenmuffel versauern. Als Liebling der Frauen hätte ich ein für allemal abgedankt.

Die Aussichten waren ziemlich trübe.

Um nicht die gesellschaftliche Leiter hinunterzurutschen, musste ich weiter im Teich der Regenbogenforellen fischen.

Ich liess die Zeitung auf der Bank liegen, vielleicht diente sie einem anderen armen Teufel, der noch an das Gute im Menschen glaubte.

Wieder einmal meldete sich mein treuer Begleiter John Rifle zu Wort. Mit seiner Whiskey-Stimme verkündete er im Brustton eines Predigers: Klemm dich in den Arsch, du willst doch nicht freiwillig zur

Hölle fahren, oder? Hast du mich verstanden! OK, sail away.
Du hast gut reden, wandte ich ein, du hast es geschafft, und auch dein Tod war alles andere als ein Trauerspiel, das war ein echt starker Abgang.
Glaub an dich! rief mir John Rifle noch nach und verschwand in einem McDonald‘s an der Fifth Avenue.
Gewiss kein schlechter Ratschlag, nur rochen mir seine Worte zu stark nach Sekte, und mit dem Glauben hatte ich von jeher meine liebe Mühe. Spätestens bei meiner Konfirmation war er mir abhanden gekommen, als ich von meinem Paten anstatt einer schnittigen Sportsuhr eine zerbeulte Taschenuhr aus dem Erbe seiner Vorfahren geschenkt erhielt.
Immerhin, ich raffte mich auf und gelobte Besserung.
Um meinen Kreislauf zu dopen, ging ich in ein Café. Dort hingen am Haken noch andere Zeitungen, und wenn ich nur ein bisschen Schwein hatte, bediente mich eine süsse Puppe und verzuckerte mir mit ihrem Lächeln den Tag.
Es stellte sich bald heraus, dass mich zumindest mein Instinkt für situationsgerechtes Handeln nicht verlassen hatte. Kaum sass ich vor meinem Kaffee und wärmte meine beinahe erfrorene Hoffnung auf, da öffnete sich die Tür und herein kam ein alter Kollege, den ich seit den Tagen meines glorios verunglückten Studiums aus den Augen verloren hatte. Wir waren fast wie Brüder gewesen.

Gemeinsam verkrachten wir uns auch mit dem Professor für Kunstgeschichte, weil wir uns über seine Favoritin, eine Brillenschlange, mokiert hatten. Wie gescheit hatte sie im Seminar dahergeredet, dabei immer wieder nervös das Gestell zurechtgerückt. Wir alle hatten klug geredet, doch diese Studentin eben noch ein wenig klüger. Worüber genau, das wusste ich nicht mehr. Irgendein Gesülze über Malerei der Gegenwart. Ein Satz schwirrte mir noch im Kopf herum, es ging um die Grundfragen der menschlichen Existenz in einem Bild, basierend auf paläontologischen Forschungen, die sich zu künstlerischen Chiffren einer übergreifenden Kommunikation mit ihrem dauerhaften Symbolcharakter gewandelt hätten. So etwa. Das Wort Mystik hatte selbstverständlich nicht fehlen dürfen. Gewiss hatten sich mein Studienfreund und ich rüpelhaft benommen. Das Geschwätz, womit sie sich beim Professor anbiedern wollte, hatte uns gereizt. Wir tuschelten und lachten ziemlich unverhohlen. Was nicht nur die dröge Studentin zum Weinen brachte, sondern den Professor derart verärgerte, dass er meinen Freund und mich für den Rest des Studiums von seinem Seminar verbannte.
Das war der Anfang vom Ende unserer akademischen Karriere.
Mein ehemaliger Freund war hochintelligent, doch der Schalk, der ihm stets im Nacken sass und ihn überallhin begleitete, liess ihn ständig straucheln.
Er verliess die Universität mit mir, worauf sich unsere Wege trennten.

Sofort erkannte er mich, trat an meinen Tisch. Er sah noch wie damals aus, und schon lachte er wieder in den Tag.
„Ist das aber eine Überraschung!“ sagte er, knüpfte gleich den Faden zu früher und fügte hinzu: „Werden wir hier auch rausgeschmissen wie damals beim Munzinger? Also keine abfälligen und lauten Bemerkungen in diesem öffentlichen Lokal!“
„Die Lage ist zu ernst, um zu scherzen“, erwiderte ich.
„Allerdings.“
„Eine Vorstellung ist kein Bild, aber ein Bild kann ihr entsprechen“, sagte ich ohne erkennbaren Zusammenhang.
„Wittgenstein“, sagte er und lächelte verschmitzt.
Rasch holten wir die Jahre der Trennung nach, ich erfuhr, dass er Journalist geworden war, bei der Fusion der beiden Tageszeitungen der Stadt seine Stelle verloren hatte. Nachher war es mit ihm nur noch bergab gegangen.
Eine Zeitlang sei er noch bei der AZ, dem Blatt der Sozis, tätig gewesen, doch die hätten zwischen Marx und Murks nicht unterscheiden können, und dann seien ihnen auch noch die Arbeiter als solche abhanden gekommen, worauf das Blatt an Schwindsucht gestorben sei. Später habe er beim ‘Volksblatt’ gearbeitet, ohne selber schwarz zu sein; nach einem Artikel über die Bischofswahl habe ihn der Chef exkommuniziert. Nun schreibe er ab und zu als freier Mitarbeiter für verschiedene Zeitungen über Kunst.

Dabei könne man so herrlich vor sich hinfaseln, das Hochgestochene sei bereits die halbe Miete.
Er vergrölte sich, dass die anderen Gäste im Café uns betroffen ins Visier nahmen. Das tat jedoch unserer Freude über das Wiedersehen keinen Abbruch.
Ich erzählte ihm nun meine Story als Berufstaugenichts.
Wir waren uns einig, dass wir Leidensgenossen seien.
Hans, wie mein Kollege und Bruder im Geiste hiess, schlug vor, ein Krisenmanagement zu bilden.
„Wir müssen aus dem Sumpf raus", sagte er, „damit wir endlich unseren verkannten Genius zum Leuchten bringen."
Über eine Stunde quatschten wir zusammen, hirnten über unsere Zukunft, die für beide etwa gleich düster aussah. Die Vorschläge flogen hin und her, aber keiner versprach, was wir uns erhofften: Money.
Zum Schluss blieb ein Projekt hängen, das wir gemeinsam vorantreiben wollten: ein Restaurantführer der Stadt mit Beschreibung der Lokalitäten und Hinweisen auf die Qualität der Speisen und Getränke.
„Eine Bombenidee", stellte Hans fest, „wir haben den Goldesel, der Dukaten scheisst, gefunden."
„Und wir können uns gratis durch die Kneipen fressen", ergänzte ich.
Hans versprach, gutgläubige Sponsoren aufzutreiben.
Nachdem er sich verabschiedet hatte, geriet ich in einen Zustand, den man durchaus als euphorisch

bezeichnen durfte. Ich sah bereits das Geld fliessen, erst ein Rinnsal, dann immer mächtiger, bis der Strom den Niagarafall hinabdonnerte auf unser Bankkonto.
An American dream.
Ein Claudia-Schiffer-Verschnitt brachte die zweite Tasse Kaffee, womit ich den gelungenen Start ins gelobte Land still für mich zu feiern gedachte. Die Serviererin beugte sich weit herunter, offenbarte das mir bevorstehende Glück. Bald würden mir wie im Schlaraffenland die reifen Orangen zuhauf in den Mund fallen. Ich schlürfte genüsslich den Kaffee. Später schlenderte ich durch die Strassen mit dem Gefühl, dass die mageren Jahre zu Ende seien. Vergessen die Demütigung des vergangenen Abends.
Das ist löffelstückig-wunderbar und sossensüffig-sonnensaftig-super, jauchzte ich.
Für ein paar Stunden war ich John Rifle, wie er leibte und lebte: kühn, gerecht und in allen Dingen ein Held.
Auf die Dauer half dieser Freudentaumel meinem Gemüt wenig. Er schrumpfte kläglich in sich zusammen. Statt dessen blähte sich die Erinnerung an die entschwundene Ruth auf, und die Unsicherheit, ob die Sache mit dem Restaurantführer wirklich ein goldenes Ei werde, legte sich als kalter Schatten auf meine Begeisterung. Vielleicht war Basel nicht das richtige Pflaster für mich. Kein Ort für Höhenflüge und Eskapaden. Das sogenannt Weltläufige verkroch sich unter dem Teppich des Filzes. Dort, im undurchdringlichen Gewebe altbewährter Beziehun-

gen, in der Grauzone zwischen Staub und Milben wurden die Fäden gesponnen und verknüpft. Und wer nicht zu den unermüdlichen calvinistischen Lichtgestalten zählte, blieb entweder hilflose Marionette oder machtloser Zuschauer.

Und sollte doch einmal jemand aufbegehren, so wurde er schnell mundtot gemacht. Eine Blume feierte man als Frühling, bevor man sie köpfte. Die Stadt war zu klein, als dass die Schwaden von Neid und Missgunst sich jemals hätten lichten können. Grosse Worte, wenig Mut. Das Kleinkarierte als Auszeichnung.

Unter dieser Glocke fehlte der Sauerstoff.

Basel! Was war denn dieses Basel?

Kulturstadt? Musenstadt?

Verkalkte Humanisten-Nostalgie?

Man genügt sich selber - das geht bis zum selbstgebrauten Bier.

Was herrscht vor: Das Konservieren, Mumifizieren, Fetischieren, das Archivieren, Katalogisieren, Quantifizieren - und über allem der Dunst der Selbstgefälligkeit ... In den feinen alten Villen, wo die Zinsen und Zinseszinsen für ein nobles Leben allemal reichen, geistert durch die morschen Schädel der Traum von einer Zeit, als die Angestellten noch weisse Handschuhe trugen und den Dienstboteneingang benützen mussten.

Geld war kein Thema, es mehrte sich auf fruchtbare Weise. Der feste Glaube daran war gereinigt durch die Gottesfurcht.

Das herbeigeredete Flair einer allseits offenen Metropole vermengte sich unverdrossen mit den Abgasen einer Industrie, die längst ihre eigenen Karten mischte.
Ein wirres Gemengsel von schillernden Seifenblasen.
Und ich stand als tumber Tor mittendrin.
Wie sollte die blaue Blume der Romantik hier gedeihen.

Die nächsten Tage verbrachte ich zu Hause, um mein letztes Geld zu strecken und nicht in freiem Sturzflug beim Sozialamt zu landen. Ich nutzte die Zeit, las in meinem über alles geschätzten Wittgenstein.
Geduldig wartete ich auf den Telefonanruf von Hans, der mir mit der Ernsthaftigkeit des Rütlischwurs versprochen hatte, mich nicht im Stich zu lassen. Und wenn ich jemandem trauen konnte, dann ihm.
Unser gemeinsames Schicksal, das Studium der Germanistik und Kunstgeschichte, dieser heiligen Kühe der Geisteswissenschaft, war ein unzerreissbares Band. Eigentlich durften wir Gott danken, dass wir nicht reüssiert hatten und nun als Lehrer illusionslos verkümmerten.
Und tatsächlich, am dritten Tag meines selbstverordneten Hausarrests meldete sich Hans. Im Brustton eines Erfolgsmenschen verkündete er, dass die Sache angelaufen sei, ich meine schlappen Beine auf Trab bringen solle.

Sofort begab ich mich zum Ort, wo wir uns verabredet hatten. Hans kam mit einiger Verspätung - wie früher, als er mit seiner Untugend die Professoren zur Weissglut und in die Nähe eines Schlagflusses gebracht hatte.
Aus seinem Mund ergoss sich destillierte Beseligung. Er berichtete, dass er dank seiner vielfältigen Connections einem Mann, der über ein Studio mit allen notwendigen elektronischen Einrichtungen und dazu noch über eine Druckerei verfüge, empfohlen worden sei. Diesem Typ habe er telefonisch dargelegt, worum es sich bei unserem Projekt handle. Nun sollten die Einzelheiten besprochen werden.
Das hörte sich fast so gut an wie die Mitteilung eines Lottogewinns.
Der Mann hiess, wie sich auf dem Weg zu ihm herausstellte, Leuenberger und war Besitzer einer Gesellschaft für mediales Gestalten und Design, kurz 'webcenter' genannt.
Schon der Firmenname war ein Vorschuss auf seine Glaubwürdigkeit.
Auf Grund dieser vielversprechenden Angaben erwartete ich ein hypermodernes Gebäude mit lichtdurchfluteten Räumen und durchgestyltem Intérieur.
So vermochte ich meine Enttäuschung kaum zu verhehlen, als wir vor einem baufälligen, efeubewachsenen Haus standen, durch ein Tor in einen moosigen Hinterhof gehen mussten, wo in einem ehemaligen Brauhaus dieses 'webcenter' untergebracht war. Hans schien völlig unbeeindruckt und schritt

frohgemut auf die verlotterte Tür zu, hinter der sich das Wunder ereignen sollte.
Immerhin befand sich neben dem Eingang noch ein Firmenschild; sein Zustand vermochte mich jedoch nicht aufzuheitern.
Nach mehrmaligem Läuten öffnete uns ein Mann um die Vierzig, sein Äusseres stand in krassem Gegensatz zu der Bruchbude, in die er uns schamlos führte. Geschniegelt und welldressed glich er eher einem Vertreter für Haargel als einem seriösen Geschäftsmann.
Mit dem letzten Funken Hoffnung klammerte ich mich an die Lebensweisheit meines Vaters, die da lautete, man solle einen Menschen nicht allein nach seiner Erscheinung beurteilen.
Der Mann, Herr Leuenberger persönlich, geleitete uns weiter in einen mit Glas abgetrennten Nebenraum, der ihm offenbar als Büro diente.
Ich hatte die Begrüssung benutzt, um mich umzusehen, und was ich durch die Fensterscheiben sah, liess meine Erwartungen vollends zerkrümeln. In einer Ecke verrottete eine Setzmaschine aus den Jahren des gutenbergschen Bleisatzes, auf einem Tisch verstaubte ein Computer, der in einem einschlägigen Museum bereits die Besucher entzückt hätte. Sonst überall viel Papier, auch am Boden. Das Ganze eher das Atelier eines irregewordenen Künstlers denn ein mediales Centre, wie grossspurig auf der Firmentafel behauptet wurde.
Hans hingegen sprühte vor Enthusiasmus und vertrat unser Projekt überzeugend.

Ich fragte mich allerdings, wer nun wessen Notnagel war.
Herr Leuenberger hatte schweigend zugehört, seine Miene verriet nichts, und es war ausgerechnet seine stoische Verschlossenheit, die ihn mir fast sympathisch machte. Sein Gehabe hatte eine gewisse Ähnlichkeit mit dem von John Rifle - das hätte eigentlich für diesen Herrn Leuenberger sprechen sollen.
Nachdem Hans geendet hatte, herrschte eine Weile Stille, was mich in meiner Vermutung bestätigte, hier würden nur noch die Spinnen arbeiten, das Unternehmen 'webcenter' bestehe lediglich aus Herrn Leuenberger.
Ich zuckte zusammen, als er plötzlich seinen Mund öffnete, die Kinnlade herunterfallen liess, als wolle er uns verschlucken. Sein Atem roch nach faulen Blumen. Ich bemühte mich krampfhaft, mir den Ekel nicht anmerken zu lassen, zuviel stand für uns auf dem Spiel.
Herr Leuenberger holte weit aus, liess in sein Geschwafel einfliessen, dass auch er einmal drei Semester Germanistik studiert, sich dann aber dem Druckereigewerbe und später der elektronischen Textverarbeitung zugewandt habe.
Seit zwei Jahren betreibe er diese Firma, leider habe die Rezession die geplante Erweiterung des Betriebs vereitelt, er müsse schon froh sein, genügend Aufträge hereinzuholen, um sich über Wasser zu halten.
Das klang nicht gut, ich bereitete mich auf eine Absage vor. Da hatte Hans mit seiner Neigung zu naiver Verzückung einen lumpigen Partner aufgegabelt.

In meiner Enttäuschung und Wut hätte ich ihm am liebsten einen Tritt ans Schienbein gegeben und wäre auf und davon gegangen.
Nach ein paar weiteren verbalen Schnörkeln kam es aber doch anders: Herr Leuenberger erklärte sich bereit, unsere Idee zu unterstützen. Er versprach uns einen Vertrag, damit wir abgesichert seien, wie er sich gönnerhaft ausdrückte. Ich schielte zu Hans, wir gaben ohne Jubel unser Einverständnis. Herr Leuenberger holte unter seinem Pult zwischen zerbeulten Schachteln eine Flasche Champagner hervor, zauberte aus einer Schublade drei Gläser.
Wir stiessen an und lachten immer lauter.
„Ein guter Typ“, sagte Hans draussen.

Ich ging nach Hause, nicht sonderlich beglückt. Da war eine Heidenarbeit zu leisten, bis dieser Restaurantführer zusammengestellt war. Und so, wie ich Hans kannte, gehörte er sowenig zu den Malochern wie ich. Und dieser Leuenberger war ein dubioser Heini, der sich als Trittbrettfahrer ein nicht geringes Stück vom Kuchen abschneiden wollte.
Der Lichtschimmer am Horizont hatte sich ziemlich verflüchtigt. Ich hockte in der Wohnung herum und sah mein Leben nur noch schwarz. Für mich war klar: Hans und ich galoppierten mit Scheuklappen direkt in ein Fiasko. Und das wäre so gross, dass wir uns nur noch als Clochards unter den Brücken verkriechen könnten. Ade, schöne Frauen!
Mitten in diesem Tief und ohne die geringste Hoffnung auf ein nahendes Hoch tauchte eines Abends

Hans bei mir auf, wie aus dem Ei gepellt und aufgekratzt. Sein Optimismus, den er als Duftnote verbreitete, nervte mich gewaltig.
„Komm, mach dich auf die Socken", jodelte er, „wir starten unsere Kneipentour."
„Ich hab weder Geld noch eine passende Schale wie du", erwiderte ich unwirsch.
„Sei doch kein Spielverderber. Hast beides nicht nötig, lass mich nur machen."
Hans wieder einmal in Bestform. Ich hätte keinen Heller auf ihn gesetzt, wäre es um eine Wette gegangen. Und jetzt stand alles oder nichts auf der Traktandenliste. Hans überschätzte sich und unterschätzte die anderen; in diesen Graben seines Bewusstseins war er schon früher gefallen.
Als Speaker seines Glaubens an die Veränderbarkeit der Verhältnisse versuchte er, mich aus dem Loch des Trübsinns herauszuschwatzen.
„Stell dir vor", gurgelte er, „wir können uns ein paar Wochen gratis durch die Tage mästen. Welcher Wirt würde es wagen, uns nicht freizuhalten, wenn er weiss, was wir vorhaben."
Diesem Argument wollte ich mich nicht verschliessen, mein Magen forderte nachdrücklich bessere Zeiten.

Hans hatte aus mir unerfindlichen Gründen als erstes eine Spelunke ausgewählt, eine etwas zwielichtige Höhle namens 'Derby Bar', wo der Schein nicht trügt, aber der Spiegel allemal lügt. Ein Refugium für Typen in der Midlife Crisis, die das Bedürfnis

hatten, den aufgetakelten Frauen, die hier fischten, in die Reizwäsche zu heulen.
Wahrscheinlich sollte es so etwas wie ein Probelauf werden. (Das angegliederte mickrige Restaurant konnte wohl für die Wahl nicht entscheidend gewesen sein.) Ginge die Chose schief, so wäre der Schaden nicht so gross, unser missglückter Start würde sich kaum herumsprechen. Das leuchtete mir ein.
Die Bar war nicht einmal halbvoll, als wir unseren Auftritt hatten. Leider war der so schlecht wie nur möglich, niemand beachtete uns. Ich dachte einmal mehr an John Rifle, wie er hereinstolziert wäre: sich in den Hüften wiegend, den Oberkörper leicht zurückgebogen, im Gesicht das überhebliche Lächeln eines Siegers. Alle hätten sich nach ihm umgedreht und sogleich gespürt, dass das ein Mann war, der bekam, was er wollte. Ein einziger Blick von ihm, und es wäre still geworden, nur ein leises Knistern hätte in der Luft vibriert. Schweigend hätte ihm der Barman eine Bloody Mary über den Tresen geschoben, und die Tussis wären schmachtend an seinen Lippen gehangen.
Wir aber hingen ziemlich verloren an der Bar zwischen den alternden Dandys, die ihre verwesten Träume mit der Wirklichkeit verwechselten.
Hans bestellte zwei Drinks und fragte den Barkeeper nach dem Chef.
Der Chinese deutete mit dem Kinn gegen einen Vorhang.
„Sagen Sie ihm, wir möchten ihn sprechen“, sagte Hans und erlitt eine Abfuhr.

„Nicht sprechen können“, entgegnete der Chinese, strahlte wie ein Parteibonze und schüttelte weiter den Shaker.
„Es ist wichtig“, beharrte Hans und legte eine Visitenkarte hin.
Der Chinese nahm sie, tat, als lese er gründlich, was darauf stand. Lautlos huschte er hinter den Vorhang.
Ich erblasste vor Bewunderung für Hans.
Nicht einmal Derrick hätte das besser angeteigt.
Mit was für einer Nonchalance hatte Hans reagiert - das war bühnenreif! Und erst noch Hansens selbstsichere Mimik: ganz leicht zog er die Mundwinkel nach oben, kniff die Augen zu, dass er selbst beinahe ein Chinese wurde. Das musste ihm mal einer nachmachen.
Noch mitten in meinem Anfall von Hochachtung erwartete mich bereits die nächste Überraschung: Der Vorhang spreizte sich, der Chef erschien. Ein mickriges Männchen, die dürftigen Haare an den Schädel pomadisiert, auf der Oberlippe ein schmales Schnurrbärtchen, ein Buchhalter, der sich in einen lausigen Schieber und Mädchenhändler verwandelt hatte.
Der Chinese wies auf Hans, stramm stellte sich der Chef vor ihm auf, sagte im Tonfall eines Schmierenkomödianten: „Was kann ich für Sie tun?“
Hans erklärte ihm unser Vorhaben, pries es über den grünen Klee, als wären wir Vertreter des Gault Millau und verteilten die begehrten ‘Kochmützen’.
Der Chef war offenkundig erleichtert, wahrscheinlich hatte er - aus seiner Sicht gewiss ein berechtig-

tes Misstrauen - zuerst die Sitte vermutet, eine Ausweiskontrolle bei den Damen, die hier anschaffen mussten. Die beiden waren sich schnell einig, und nicht nur das. Der Chef dirigierte uns zu einem reservierten Tisch, schnippte mit den Fingern, und schon brachte uns die Bedienung, ein leichtgeschürztes Bunnie-Girl, eine Flasche Sekt.

OK, Hans hatte eine grosse Show abgezogen und einen Coup gelandet, aber ich war stinksauer, zum überflüssigen Anhängsel degradiert zu sein. Anscheinend hielt jedoch John Rifle seine wohlmeinende Hand über mein Haupt. Armani und Lagerfeld hatten sich seit einiger Zeit diskret zurückgezogen. So wurde der holzgeschnitzte John Rifle mehr und mehr zu meinem Protektor, was mir nicht ganz gefallen wollte. Bestimmt steckte eine Absicht dahinter. Ich musste ihn bei Gelegenheit unbedingt darauf ansprechen. Doch jetzt war nicht der Moment dazu.

Eine der Damen näherte sich unserem Tisch und nahm ohne zu zaudern neben mir Platz. Hans blickte konsterniert aus dem Hemdkragen. Das hob mein Selbstvertrauen mächtig, ich hatte mit ihm gleichgezogen.

Die Dame nannte sich Maria. Ihr Äusseres und das gebrochene Deutsch deuteten darauf hin, dass sie aus Spanien oder Südamerika stammte.

Ihre Brüste wackelten vor meinen Augen, zwei Weltkugeln. Ich war drauf und dran, ihr als Atlas die Last für eine Weile abzunehmen. Doch kaum war ich mit meinen Gedanken ins schamlose Altertum geflohen, da drängten sich ihre Schenkel an meine,

ich musste die Füsse auf den Boden stemmen, um dem Liebesdruck standzuhalten.
Maria hatte ein weiches Gesicht, das mich wie eine exotische Blüte lockte. Sie strich mir übers Haar, flüsterte mit sonorer Stimme: „Qué hombre!"
Sie tat mir leid. Wahrscheinlich musste sie das jedem sagen. Geschmeichelt war ich dennoch, weil ich und nicht Hans Hahn im Korb war.
Wir tranken in grossem Einverständnis den Sekt leer, wobei die Innigkeit mit jedem Schluck sprungweise zunahm. Es wäre ein denkwürdiger Abend geworden, wenn nicht Hans unmissverständlich zum Aufbruch gemahnt hätte. Ich hauchte der hungrigen Maria noch „Bis zum nächsten Mal" in die süsse Ohrmuschel, doch ihre Enttäuschung hätte nicht der sturste Bock übersehen können.
Draussen auf der Strasse ergoss sich Hans' Zorn wie ein Fass Jauche über mich. Er stellte ein für allemal klar, dass es nicht darum gehe, auf Kosten unseres Projekts solche Damen zu vögeln, das liege einfach nicht drin, sei verdammt unkollegial und drittens eine ausgekochte Sauerei.
„OK", brummte ich im Stil John Rifles, „dann eben nicht. Aber die Frau hat sich an mich rangemacht und nicht umgekehrt, stimmt's oder habe ich recht?"
„Und wer hätte zum Schluss das Flittchen bezahlt? Bestimmt nicht der Hurensohn von Barbesitzer; der hätte dich vom schlitzohrigen Chinesen rausschmeissen lassen, und du wärst blau wie eine Pflaume im Rinnstein gelegen, begriffen?"

„Ist ja gut“, beschwichtigte ich, wedelte mit der Hand noch einmal das betörende Parfüm dieser Maria in meine Nase.
Hans blieb verstimmt, ich musste sogar befürchten, dass ihm meinetwegen eine Saite seines Gemüts gesprungen war. Ich wusste gar nicht, dass in ihm das Zeug zu einem Moralapostel schlummerte.
Schweigend gingen wir nebeneinander her. Mir fiel weiter nichts ein, um gut Wetter zu machen, als die heuchlerische Schülerfloskel: „Tut mir leid, ich werde mich bessern.“
Hans lenkte mit einem Kopfnicken ein.
„Ich ruf dich an“, sagte er, als wir uns trennten. „Nächstes Mal nehmen wir uns ein Speiselokal vor. Schreib du bis dahin ein paar Zeilen über diese Bude für unseren Guide.“
Wie hiess eigentlich der Chef dieser dubiosen Bar?

Es folgten Tage des Zweifels. Ohne Inspiration hämmerte ich auf die Tasten der Schreibmaschine, brachte nichts Vernünftiges zustande. Wie hätte ich auch die Bar nach unserem kuriosen Auftritt kurz und erst noch witzig vorstellen sollen?
Das waren wahrhaftig keine erhebenden Stunden, um so mehr, als mir das Ziel, der Guide, in immer weitere Ferne zu rücken schien.
Mich beschlich die dumpfe Ahnung, dass sich Leuenberger längst in Luft aufgelöst hatte. Hans hatte ihn seit der gemeinsamen Besprechung nicht mehr erwähnt, und von einem Vertrag hatte ich bislang auch nichts gesehen.

Ich ernährte mich von den kargen Vorräten im Kühlschrank, was nicht gerade zu meinem Wohlbefinden beitrug.
Zunehmend flüchtete ich mich in Trugbilder, wandelte als strahlender Held durch die Hip-Hop-Gesellschaft, war ein begehrter Gast bei Talkshows, gab Interviews und zierte die Titelseite einer Illustrierten mit Millionenauflage. Vorgestellt wurde ich als der 'Mann mit der Blitzkarriere, dem die Frauen zu Füssen liegen'. Das war Honig für mein ausgetrocknetes Gemüt.
Erfolg macht eben erotisch, rief ich, begriff mich als sexualisiertes Cogito. Der Enthusiasmus beflügelte mich zu einer Feststellung, die so epochal war, dass ich sie mir notierte: Heutzutage prallen keine Ideologien mehr aufeinander. Heute ziehen wir eine Nummer ab, weil wir nicht wissen, was wir sonst tun sollen.
Verblendet erlebte ich Augenblicke der höchsten Wollust, meine Phantasie trieb mich in immer höhere Gefilde, wo sich die Geistesblitze mit dem Orgasmus vereinten. Der Absturz in die Wirklichkeit war furchtbar.
Die Ernüchterung war so gross, dass ich wie gelähmt im Bett lag, besoffen von meinen Wahnvorstellungen.
In diesem Zustand überraschten mich John Rifle, Armani und Lagerfeld. Sie standen um meine Matratzengruft und tuschelten miteinander. Ihre Mienen verrieten, dass jeder ein geborener Winner war, ich der ewige Loser.

Mit letzter Kraft wollte ich aufspringen und jedem eine saftige Ohrfeige verpassen. Es gelang mir nicht, auch nur einen Finger zu rühren. Entmutigt liess ich das Gespött der drei über mich ergehen, schwor, mich bei erstbester Gelegenheit für diese Gemeinheit zu revanchieren.

Schliesslich hielt ich es nicht mehr länger in der Enge der Wohnung aus. Ich ging zum Hotel, wo Ruth logiert hatte. Ein völlig sinnloses Unterfangen, wenn ich es mir überlegte. Doch eine dumpfe Ahnung trieb mich dorthin.

Der Concierge winkte mir. Mit einem süffisanten Lächeln überreichte er mir einen Briefumschlag.

„Ist gestern hier angekommen. Sie sind doch der Herr Igor?“

„Ja“, sagte ich und rannte kopflos hinaus.

Zitternd riss ich den Umschlag auf, starrte auf die schwungvolle Sütterlinschrift, las und hörte dabei Stimmen, die in den höchsten Kastratentönen jubilierten. Und bald wähnte ich mich im Garten Eden.

Lieber Igor - allein diese Anrede war köstlicher Balsam.

Und es folgten Sätze, die ich mich völlig aus der Fassung brachten.

Ruth Schneider kniete vor mir und bat um Verzeihung, rief ihre tiefen Gefühle für mich in Erinnerung und klimperte das Lied der Versöhnung.

Ich küsste den Brief und pries die Vorsehung.

Edler und schöner hätte sie mir ihr Herz nicht ausschütten können. Sogar der abgebrühte John Rifle

hätte sich verstohlen eine Träne aus den Augenwinkeln gewischt.
Aber es kam noch besser. Ich versank in den Schalmeienklängen, die mir ein Wiedersehen ankündigten.
Sie werde in zwei Wochen geschäftlich nach Basel kommen, schrieb sie, und es sei ihr grösster Wunsch, mich zu treffen und ihr Verhalten wieder gutzumachen.
Mein Gott, rief ich, diesen Brief werde ich einrahmen und über mein Bett hängen. So was widerfährt einem Armani oder Lagerfeld auch nur einmal im Leben, sofern überhaupt. Von John Rifle ganz zu schweigen.
Ruth hatte mir wieder den Glauben an die Wahrhaftigkeit echter Liebe zurückgegeben. Nicht nur einmal flogen meine Augen über diese Sätze, ich las sie wohl über ein Dutzend Mal mit stets steigendem Entzücken und mit der Überzeugung, dass Ruth der Kolibri sei, der mir den Frühling brachte.
Ich trällerte durch die Strassen und lobte diesen herrlichen Tag.
Zu Hause setzte ich mich an den Tisch und entwarf eine Antwort.
Es war kein leichtes Stück Arbeit, den richtigen Ton zu treffen, einerseits nicht allzusehr zu jubeln und den Eindruck zu erwecken, ich hätte meine Zeit ausschliesslich damit verbracht, ihr nachzutrauern und auf ein Zeichen zu warten; anderseits sollte meine Freude deutlich werden. Eine Gratwanderung. Mehrmals stürzte ich ab, musste von neuem begin-

nen. Nach Stunden langwierigen Feilens und aufreibender Suche nach passenden Worten durfte ich mich zufrieden zurücklehnen.
Um meine feste Absicht, sie wieder in die Arme zu schliessen, unmissverständlich zu besiegeln, bat ich sie, mir ihre genaue Ankunftszeit bekanntzugeben, damit ich sie am Bahnhof abholen könne.
Anscheinend war das der Ort meiner schicksalhaften Begegnungen.
So froh und unbeschwert war ich schon lange nicht mehr zur Post gegangen, es war eine Strecke des Triumphs.
In gebührendem Abstand folgten mir John Rifle, Armani und Lagerfeld. Sie hatten offensichtlich ihre Meinung über mich geändert. Anerkennend winkten sie mir zu, wenn ich mich umwandte, und schenkten mir so die Gewissheit, dass nun nichts mehr schiefgehen konnte.

Die Zeit flog dahin, ich zählte die Nächte und Stunden. Doch als der Tag des Wiedersehens näher und näher rückte, und ich immer noch ohne Antwort war, wurde mir mulmig. Meine Adresse kannte sie ja nun, und am Briefkastenschild hatte ich schnell noch den Golodkowski beigefügt. Ich schrieb nochmals.
Es blieb die panische Angst, ich hegte den Verdacht, Ruths Brief sei eine Finte, sogar ein weiterer Fusstritt gewesen. Ich quälte mich mit der müssigen Frage, was denn Ruth mir noch heimzahlen wollte.
Es fehlt eben nach wie vor viel, gestand ich mir kleinlaut ein, bis du auch nur annähernd ein John

Rifle bist, der gelassen mit einer leeren Wasserflasche durch den Grand Canyon reitet. Oder so gewitzt wie Armani und Lagerfeld, die unbekümmert um die Börsennotierungen ihre Miezen auf dem Laufsteg hüpfen lassen.
Ihrer Coolness hatte ich nur die Aufgeregtheit eines gejagten Hasen entgegenzusetzen. Bis zur Erschöpfung mühte ich mich damit ab, im Kopf zu repetieren, was genau ich in meinen Briefen geschrieben hatte, klopfte meine vermeintlichen oder tatsächlichen Worte auf allfällige hohle Stellen ab. Und je länger ich durch mein Gedächtnis stocherte, um so verschwommener wurden meine Sätze. Schliesslich war mir überhaupt nichts mehr gegenwärtig, eine undurchsichtige Brühe füllte mein Gehirn.
Endlich, als ich bereits darüber nachdachte, ob ich mich aus dem Fenster stürzen oder mir einen Strick um den Hals legen solle, erreichte mich das zweite himmelblaue Kuvert. Dass es diesmal bloss zwei nüchterne Zeilen waren, beunruhigte und störte mich nicht; eine Wiederholung der heissen Beteuerungen hätte ihre Glaubwürdigkeit nur abgeschwächt. Ruth teilte mir mit, wann sie am Bahnhof ankommen werde. Die Angabe der genauen Uhrzeit verriet, dass sie mich erwartete.
Der Striptease bis zur innigen Vereinigung hatte begonnen.
Allerdings, eine Hürde gab es noch: In meiner Kasse herrschte Ebbe, und Max schuldete ich noch immer die drei Lappen. Aus ihm war nichts mehr herauszupressen. Wie aber könnte ich Ruth empfangen, sie

wieder ganz und gar zurückerobern ohne einen Rappen Geld im Portemonnaie? Liebe geht eben nicht allein durch den Magen, sie hat auch Augen. Eingedenk dieser Tatsache wollte ich Ruth mit einem Blumenstrauss begrüssen. Nicht einmal das wäre mir möglich gewesen. Welche Verkäuferin hätte schon - nein, nicht Rosen, das wäre zu offensichtlich gebalzt - auch nur einen Feld-, Wald- und Wiesenbesen umsonst zusammengestellt? Und da ich Max nicht mehr anzapfen konnte, blieb nur noch Hans. Er durfte meine Bitte nicht abschlagen, hatte er mir doch den Flirt mit Maria vermasselt. Ein Kompensationsgeschäft also.

Schnurstracks rief ich Hans an, berichtete zuerst über die Arbeit am Guide, vom bereits vorliegenden Konzept, log, dass sich die Balken bogen, und heulte ihm nachher meine Not ins Gilet.

Er wand sich, war nicht weichzuklopfen, bis ich ihm klarmachte, dass ihm nicht gedient sei, wenn ich verhungerte. Dann könne er sich meine Mitarbeit am Restaurantführer ans Bein streichen.

Das wirkte.

„Wieviel?“ fragte er, und ich antwortete unverfroren: „Fünfhundert.“

Funkstille am anderen Ende der Leitung.

„Soviel habe ich nicht“, kam es nach einer unverschämt langen Pause zurück.

„Dann geh zum Bankomat“, sagte ich mit der Kühnheit eines Glücksritters.

„OK“, stöhnte er, „aber nur als Vorschuss auf den Gewinn aus dem Guide, du kannst ja das Geld sonst nicht zurückzahlen.“
„Geht in Ordnung. Ich hole die Scheine morgen bei dir ab.“
Und schon hatte der fixe Bursche aufgelegt.

Gemäss dem Motto von Shell 'Es gibt noch viel zu tun, packen wir's an' begann ich, die Wohnung zu reinigen und aufzuräumen. Diesmal wollte ich Ruth bei mir einquartieren, damit sie mir nicht wieder jungfräulich entwischte.
Zum Glück hatte ich noch eine zweite Matratze auf dem Dachboden.
Jede Kleinigkeit musste minutiös bedacht werden, damit die Fusion nicht an irgendeiner dummen Lappalie scheiterte. Eine gute Logistik war schon ein erster Schritt zur felix conjunctio, besonders bei Mimosen.
Ruth sollte keinen Vorwand finden, um mich zum zweitenmal hocken zu lassen. Mit ihrem Brief hatte sie sich ohnehin weit entblösst.
Alle Vorteile lagen auf meiner Seite, das verlieh mir Power.
Früh am nächsten Morgen - am Tag der Entscheidung - ging ich zu Hans, um die fünf Scheine, an denen Lust oder Frust hingen wie das Schwert über Damokles, abzuholen. Ich hoffte, er würde noch schlafen; hätte er seine Augen schon muntergerieben, dann wäre auch der alte Geizhals erwacht.

Ich erschrak, als ich Hans sah. Kränklich stand er unter der Tür, das Gesicht fahl und eingefallen. Ein Bild des fortgeschrittenen Jammers.
„Was ist mit dir los?“ fragte ich voll böser Ahnung.
„Leider gar nichts“, sagte er leise. „Und das ist das Schlimme.“
„Könntest du mir das näher erklären?“
Die schwarze Katze sprang aus dem Sack.
„Wir müssen dringend zu Leuenberger, ich habe nichts mehr von ihm gehört, er ist auch telefonisch nicht zu erreichen. Den Vertrag hat der Lump auch noch nicht geschickt. Oder hast du einen?“
„Nein“, sagte ich, ziemlich verdattert.
„Also nichts wie los zu diesem Schlemihl.“
„Würdest du mir vorher das Geld geben.“
„Ach so, hatte leider keine Zeit, zur Bank zu gehen. Erledigen wir unterwegs.“
Nach diesem unergiebigen Dialog schwante mir Unheil.
Ich musste mir gut zureden, um nicht auszurasten.
Bei einer Bankfiliale drängte ich ihn zum Bankomaten.
Hans tat sich schwer, fingerte auf der Tastatur herum, verwarf die Arme und stotterte: „Er nimmt den Code nicht an.“
„Bleib ganz ruhig“, sagte ich und war selbst gespannt wie ein Regenschirm. „Gib die Zahlen nochmals ein.“
Diesmal klappte es. Die begehrten Scheine ruckten aus dem Schlitz. Ein erlösender Anblick. Aber schon stolperte ich in den nächsten Schreck.

„Das sind ja bloss dreihundert Franken“, stammelte ich.
„Mehr gibt der Apparat auf einmal nicht.“
„Dann wiederhol das Ganze.“
„Das akzeptiert er nicht.“
Das tat ich auch nicht. Eine miese Ausrede.
„Dann gehen wir zu einem anderen Automaten“, sagte ich hinterfotzig und zwang ihn zum Offenbarungseid.
„Ich fürchte, mein Konto steht auf Null.“
Was sollte ich machen? Lieber dreihundert Franken in der Hand als fünfhundert auf dem Dach. Nur: Es war verdammt wenig. Und das bedeutete, dass ich Ruth möglichst schnell aufs Liebeslager legen musste. Ein Nachtessen als Vorspiel, mehr lag nicht drin. Keine einfache Sache, Amseln sind scheue Vögel.

Wir erreichten Leuenbergers ‘webcenter‘.
Bereits beim Durchqueren des Hinterhofs hatte ich ein schlechtes Gefühl in der Magengrube. Weitsichtig genug mit aufgesetzter Brille, sah ich quer über der Tür und bis zum Pfosten so etwas wie ein Klebband.
Ich verschwieg meine Vermutung, wollte den Teufel nicht an die Wand malen. Wir standen davor wie der berühmte Esel am Berg, glotzten auf das Siegel und den Streifen, womit die Tür vom Konkursbeamten amtlich gesperrt war.
„Zwangsvollstreckung“, sagte ich.
„Aus“, würgte Hans, der sonst so pfiffige Demosthenes, hervor.

Meine Wut auf Leuenberger und Hans entlud sich im Aufschrei: „Son of a bitch!“
Innerlich aber frohlockte ich, dass ich Hans noch vor dieser niederschmetternden Erkenntnis das Geld abgeluchst hatte.
Mittlerweile hatte Hans die Sprache vollends verloren, stumm und bedeppert gaffte er auf den Eingang zum ‘webcenter’, wo nun unsere Hoffnung begraben lag.
Ich sah mich währenddessen im Hinterhof um, entdeckte eine alte Vettel, die sich neugierig auf dem Fenstersims breitmachte.
„Suchen Sie Herrn Leuenberger?“ krächzte sie herunter.
„Ja“, rief ich hinauf im Bewusstsein, dass uns eine weitere Enttäuschung erwartete.
Und so war‘s.
„Der ist verreist, nach Florida“, verriet sie schadenfreudig.
„Und wann kommt er zurück?“
Eigentlich eine hirnrissige Frage, die Antwort war so klar wie der Himmel über Maratonga.
„Das weiss ich nicht, er hat nichts gesagt.“
Der Vogel war ausgeflogen auf Nimmerwiedersehen. Leuenberger wurde mir mit einem Schlag endgültig sympathisch. Von seiner Kaltblütigkeit konnte ich nur lernen. Mich freute es ungemein, dass er dem Leichenfledderer vom Konkursamt eine lange Nase gedreht hatte.
Ich lud Hans zu einem Bier ein, um ihn ein wenig aufzumuntern. Er lehnte ab, wollte nach Hause.

Das war mir auch recht. Was sollte ich mit ihm anfangen? Er hatte den Mist gebaut. Vor John Rifle hätte er auch keine Gnade gefunden, Armani hätte sich mit einem vernichtenden Lächeln von ihm abgewandt und Lagerfeld wäre achselzuckend von dannen gegangen.
So verabschiedeten wir uns.

Noch knapp drei Stunden, und Ruth kam am Bahnhof an.
Sie war jetzt mein Joker. Auf ihren schmalen Schultern ruhte meine Zukunft.
Es durften keine Eier mehr weichgekocht werden.
Kein Fickfack und Schnickschnack.
Ran an den Speck wie die Maus.
In einem Gartenlokal trank ich ein Bier und lauschte den Sperlingen, die in den Bäumen um die Wette piepsten. Bald würde mir Ruth ihre Liebesschwüre ins Ohr zwitschern.
John Rifle war mir gefolgt. Er lehnte an einem Stützpfeiler des Vordaches. Nein, er konnte es nicht lassen, sich irgendwo anzulehnen.
Es war ein grober Fehler, mich herabzuwürdigen und ihn um Rat zu fragen.
Was soll ich bei Ruth anstimmen, Dur oder Moll? rief ich ihm zu.
John Rifle grunzte nur und schnippte die Zigarette vor meine Füsse.
Willst du mich verarschen? drohte ich ihm.
Er liess sich nicht aus der Ruhe bringen, drehte sich um und spuckte auf den Boden.

Ein Blick auf die Uhr mahnte mich, dass von jetzt an der Countdown unwiderruflich lief. Diesmal musste Ruth mir aus der Hand fressen.
Ich ging in einen Supermarkt und kaufte ein für den Fall, dass Ruth nach ihrer Ankunft bei mir zu Hause am Tisch sitzen würde. Ich wollte für alle Eventualitäten gewappnet sein. Nichts sollte dem Zufall überlassen bleiben.
Meine Kochkünste waren freilich sehr bescheiden; zwar bereitete ich mir die Mahlzeiten meist selbst zu, sie bestanden jedoch aus Fertiggerichten oder, bei leerem Geldbeutel, aus einem Stück Brot, Konfitüre und altem Käse.
Du gehörst eben zu den kontemplativen Typen, die den Magen nicht mit Geist verwechseln, sagte ich mir jeweils an Hungertagen.
Unschlüssig schlenderte ich die Regale entlang, völlig überfordert von dem Problem, was ich in den Einkaufswagen legen sollte. Ich kannte ja Ruths Vorlieben nicht. Da überkam mich beim Fleischstand eine Erleuchtung. Warum, sprach ich zu mir wie ein meditierender Philosoph, kannst du nicht ein Steak auffahren lassen, zur Erinnerung an den gemeinsamen Abend im Restaurant, wo wir uns so gut verstanden haben? Gesagt, getan. Ich kaufte zwei Tranchen Steak de veau, sodann Teigwaren, Lachs als Vorspeise und Eis zum Nachtisch. Zum Frühstück nach der Liebesnacht Eier, Butter und Brötchen. Bei der Kasse schnappte ich noch ein Paket Kerzen, um für die entsprechende Stimmung zu sor-

gen. Mit einer prallen Tüte schaukelte ich nach Hause.
Nach einer Verschnaufpause duschte ich und wusch mir die Haare. Mit dem Rest des herben Parfüms 'Prärie', einer trefflichen Hommage an John Rifle, verlieh ich mir den Duft der grossen weiten Welt.
Mit den Kleidern war es leider schlecht bestellt; ein besserer Anzug als der, den ich schon bei der ersten Begegnung mit Ruth vorgeführt hatte, fand sich im Schrank nicht. Um dennoch eine einigermassen gute Figur zu machen, plättete ich auf dem Tisch die Hose und versah sie mit zwei frischen Bügelfalten. Die Feierlichkeit des Tages sollte wiederum mein einziges weisses Hemd unterstreichen.
Ich war bereit, den grossen Zampano zu spielen.
Und ich war stolz auf meine ehrliche Corporate Identity: Einheit von Botschaft und Auftreten. Weder gefiedert noch abgefuckt.
John Rifle, der Macker, hätte seine Freude an mir haben können.
Ich Unglücksrabe! Hätte ich ihn mir doch nicht herbeigedacht, ausgerechnet jetzt. Offenbar hatte er eine Abhörwanze in meinem Gehirn.
Schon kreuzte er mit seinen Spiessgesellen auf, trat frech durch die Wohnungstür. Die drei musterten mich von oben bis unten; ich kam mir wie ein Zuchtstier bei einer Viehschau vor.
Und, ist etwas nicht in Ordnung? fragte ich.
Armani trat vor, neigte seinen Oberkörper sanft zurück und mass mich von neuem.

Deine Klamotten sind von vorvorgestern, sagte er süffisant.
Und? erwiderte ich gereizt, dann verschaffen Sie mir andere.
Dazu ist es wohl zu spät, sagte er.
Er machte noch einen Schritt, bis er dicht vor mir stand, zupfte an meinem Jackett und begann zu dozieren.
Bald, mein Lieber, stelle ich meine neuste Kollektion vor. Das wird jedesmal ein kleineres Erdbeben. Dann kannst du erleben, was es heisst, Trendsetter zu sein.
Mich störte das Du, noch mehr die vertrauliche und zugleich ironische Anrede 'mein Lieber'. Das hatte sich bis jetzt nur John Rifle herausgenommen. Aber ich wollte nicht dazwischenfahren. Sollte er doch seinen Senf ausdrücken. Unverdrossen geigte er sein Selbstlob herunter.
Ich werde Modefreaks für Technoraves und Champagnerpartys ausrüsten - und wie! Una sensazione! Und trotz des Mainstreams zu hellen oder kräftigen Farben staffiere ich meine Männer durch und durch in Schwarz aus: Vom Hemd über die Krawatte bis zum Sakko und dem verschlossenen knielangen Überzieher hüllt sich mein Mann in tiefe Dunkelheit. Nur seine Handschuhe blitzen weiss auf. Das gibt einen Auftritt, mein Lieber (er sagte diesmal: caro amico, aber wieder mit einem herablassenden Tonfall).
Lagerfeld räusperte sich, vermochte sich nicht mehr zurückzuhalten.

Also ich an deiner Stelle würde die Strenge des Anzugs aufheben. Warum nicht Kaschmir, Kamelhaar, Flanell und wattierte Baumwolle vermischen? Auch Satin und Samt sind für den modernen Mann längst kein Tabu mehr. Oder Schottenstoff in starken Farben wie Zwetschge, Nachtblau oder gar Bronze ...
Er imitierte Armani, rief hingerissen 'Fantasia, fantasia!' und hob beschwörend die Arme.
Armani stieg die Zornesröte ins Gesicht.
Lass deine Fürze anderswo fahren, kanzelte er Lagerfeld ab. Igor ist weder Tunte noch Transvestit. Im übrigen: Kümmere dich gescheiter um deine kachektischen Weiber. Halt mal dein Zöpfchen in den Wind, damit deine Models nicht als bemalte Heuschrecken über den Laufsteg stelzen.
Mir wurde schwindlig; das sah nach einem Hahnenkampf zwischen den beiden aus. Lagerfeld nahm es aber gelassen, runzelte bloss die Stirn. Ich begriff das nicht. An seiner Stelle hätte ich den grossen Otto herausgekehrt. Mein Bedarf an Entertainment war offenbar noch nicht gedeckt.
Klar, dass sich noch John Rifle meldete, mit einer Statistenrolle hätte er sich nicht begnügt.
Was soll das alles, knurrte er. Meine Jeans sind zeitlos und erst noch körperbetont. Ich verstecke die Männlichkeit nicht. Alles straff, und jeder kann zeigen, was er unter dem Reissverschluss hat. Bei mir gibt's keine Zwitter.
Er röhrte aus vollem Hals.
Armani blickte ihn von unten an, voller Verachtung.

Mit deinen Farmerhosen kannst du bestenfalls auf Kaninchenjagd gehen, schleuderte ihm Lagerfeld entgegen.
Jetzt knallt's, dachte ich.
Doch die Gemüter schienen sich abgekühlt zu haben.
Und John Rifles Revolver blieb brav im Holster.
Da setzte Armani noch eins drauf.
Mein geschätzter John Rifle, vergiss nicht, Lagerfeld und ich sind in jedem Modelexikon, wir verkörpern europäische Kultur, die Präsentation unserer Kollektionen ist eine sakrale Handlung, die Promis und Medien reisen an wie die Pilger nach Mekka.
Armani war nicht mehr zu halten, er sprach mit der Überzeugung eines Predigers, der Ungläubige bekehren will.
Wir sind Designer, fuhr er fort, entwerfen für Frauen und Männer Kostüme, die den Körper schmücken, ihn erst zu dem machen, was er sein sollte: Ein Abbild der Schöpfung. So stehen wir in einer uralten Tradition; nach neusten Erkenntnissen begannen schon die Vorfahren des Homo sapiens sich zu bekleiden - mit Fellen und Blättern. Und bereits im sechsten Jahrtausend haben Menschen die ersten Wollgewebe hergestellt. Dies nicht nur, um sich vor der Kälte zu schützen, auch und nicht zuletzt um sich zu verschönern, einem Ideal zu entsprechen. Es ist ein Irrtum zu glauben, der Reiz des Körpers solle blossgestellt werden, ein Kostüm ist immer ein Bekenntnis des Trägers - Frau oder Mann - zur Anmut, Grazie, indem das Auge auf die vollendeten Formen, besonders beim weiblichen Geschlecht, gerichtet

wird. Dieses Bewusstsein verpflichtet. Und nicht nur das: Die geheimsten Wünsche und Träume finden in unseren Kreationen ihre Realisation. Viva la moda alta!

Mit einer eleganten Körperdrehung wandte er sich mir zu, nahm mich ein weiteres Mal in Augenschein. In dieser Stadt herrscht offensichtlich dunkelste Nacht, nicht einmal ein Polarlicht erhellt sie dürftig. Tiefste Provinz. Nessuna stella, niente.

Die Männer laufen herum wie ausgetrocknete Beamte. Und die Frauen ... Lagerfeld unterbrach: ...sind immer bezaubernd. Aber es fehlt hier ein kreativer Kopf, un grand couturier incontesté, une personnalité. Da gab es doch einmal, wie war nur sein Name?

Spillmann, warf Armani ein.

Exactement, Spillmann. Das wäre ein Anfang gewesen.

Ich fühlte mich gedrängt zu widersprechen, allmählich ging mir die Selbstbeweihräucherung auf den Wecker.

Sie beide denken bloss an Frauen mit einem reichen Fritz, für die anderen ist es aber meist eine Frage des Geldes, wie sie sich kleiden.

Eine Frage des Geldes, höhnte Lagerfeld, gibt es denn nicht die Prêt-à-Porter-Modelle?

Mit einer abschätzigen Handbewegung hiess er mich schweigen.

Armani wurde es zuviel, unruhig wechselte er das Standbein.

Was soll denn diese Diskussion? Sind wir Vertreter, die irgendwen von irgendwas überzeugen müssen?

Manhatten oder manhatten nicht, witzelte in breitem Südstaatenslang John Rifle.
Die zwei anderen beachteten ihn nicht. Lagerfeld räusperte sich kurz.
Wir sind keine Vagabunden, auch nicht im heutigen Sinnvakuum, sagte er. Mode ist eine Kunst, und Kunst steht jenseits des rein Begrifflichen. Das haben die Franzosen verstanden. Toute la nation aime l'art de la haute couture. Wir werden sogar von den Literaten bewundert, akzeptiert comme collègues. Was hat doch Luciène Mardore kürzlich nach einem Besuch über meinen Lebensstil geschrieben -
Er warf sich in Pose und rezitierte:
La poésie est un de ses jardins secrets.
Fass dich, sagte Armani, ich protze auch nicht mit meinem Haus auf der Insel Pantelleria vor Sizilien, wo ich mit Claudia Cardinale zu speisen pflege, wenn es unsere Verpflichtungen erlauben.
Der geradezu peinliche Hinweis auf den Ort und die weibliche Zutat waren wohl für meine Ohren bestimmt.
John Rifle zog die Augenbrauen hoch.
Die Stimmung wurde erneut explosiv.
Ihr seid doch nichts als Schnorrer, Lackaffen. Ich pfeif auf eure Kultur, Jeans werden around the world getragen, und darin stecken Männer, harte Typen - er sagte 'hardboiled' -, nicht Weichlinge und verwöhnte Bürschchen, und erst noch die Frauen: Mit denen kannst du Pferde stehlen. That's it.
Ist ja schon gut, beschwichtigte Lagerfeld.

Wer hat denn mit dem ganzen Schwachsinn angefangen? Ich nicht, rotzte John Rifle. Ihr Modefatzkes glaubt, ich sei nicht salonfähig, am I right? Nur weil euch der Erfolg in die Rübe gestiegen ist, dir mit deiner Giorgio-Armani-Linie, und dem anderen mit dem Chanel-Stil. Alles aufgeblasenes Zeug. Meine Jeans brauchen kein Parfüm, sie riechen nach Abenteuer.
Wir machen alle drei eine schlechte Figur, sagte Armani, gehen wir.
Sie trollten sich.
Ich blieb ratlos zurück.

Ziemlich nervös und gespitzt wie ein Bleistift machte ich mich nach diesem Intermezzo auf den Weg zum Bahnhof, nahm das Tram, um nicht verschwitzt und zerknittert meine Angebetete zu empfangen.
Ich war eine halbe Stunde zu früh.
Ich nutzte die geschenkte Zeit, trank im Buffet einen Kaffee. Nochmals liess ich alle Einzelheiten, die ich ausgeheckt hatte, damit das Programm mit Ruth ohne Zwischenfälle ablaufen konnte, im Kopf Revue passieren. Ungewollt ergab sich dabei, dass die Serviererin bei meinem verbindlichen Trainingslächeln errötete, Sympathie zeigte, indem sie beim umständlichen Wegwischen von Brotkrumen eindeutig meine Nähe suchte. Für mich ein Zeichen, dass ich nichts zu befürchten hatte, die Sterne mir wohlgesinnt waren.

Unterwegs zum Bahnsteig kaufte ich einen Strauss Blumen, für mein Budget viel zu teure. Sie sollten die Funktion eines Eisbrechers übernehmen, falls Ruth glaubte, mich wie einen Onkel begrüssen zu müssen.
John Rifle lungerte an einer Säule, ein längst gewohntes Bild, rief mir beim Vorbeigehen ein zwiespältiges 'Good luck' zu. Armani und Lagerfeld hielten sich vornehm zurück.
Der Zug rollte pünktlich in die Halle.
Seit langem hatte ich niemanden mehr am Bahnhof abgeholt. Und es war sogar das erste Mal, dass ich hier eine Frau und Freundin erwartete. Die Situation war für mich so ungewohnt wie seltsam. Dementsprechend war ich aufgeregt, kam mir mit den Blumen in der Hand deplaziert vor.
Die Spannung hatte mich kribblig gemacht, ich schwitzte und hatte das Gefühl, mich in ein Treibhaus verirrt zu haben.
Aber ich konnte nicht kneifen, zuviel stand auf dem Spiel, zu hoch war der Einsatz. Aufstieg oder Fall, das entschied sich jetzt.
Es war soweit, ich hatte sie entdeckt.
Film ab, hörte ich John Rifle aus der Unterführung krakeelen.
Ich winkte und eilte Ruth entgegen.
Sie trug ein elegantes Jackettkleid, vom Scheitel bis zur Sohle Lifestyle-Lady. Nun musste ich ganz schön draufsatteln, damit ich nicht mit einem Gepäckträger verwechselt wurde.
Das hatte ich in meinem Drehbuch nicht vorgesehen.

Aber die Klappe war gefallen, eine Wiederholung würde es nicht geben.
Sie stellte den Koffer auf den Boden, umarmte mich. Das haute mich wieder auf eine andere Weise fast um.
Ruth war nicht schöner, aber lieblicher geworden.
Sie drückte mir einen Kuss auf den Mund, ich erwiderte ihn mit gleicher Heftigkeit, nun einigermassen Herr der Lage.
Ich überreichte ihr die Blumen und nahm den Koffer auf. Die erste Szene war abgedreht. Gar kein schlechter Auftritt.
Doch die Hürden würden immer höher, dessen war ich mir bewusst. Vorerst beschränkte ich mich auf Smalltalk, erkundigte mich nach dem Verlauf der Reise und nach ihrem Befinden, flocht ein Kompliment über ihr Aussehen ein.
Beim Ausgang zum Bahnhofsplatz durfte ich die erste, vorentscheidende Frage nicht länger zurückhalten. Ich bemühte mich, meiner Stimme eine harmlose Intonation zu geben.
„Was hast du vor?“ fragte ich und fügte rasch hinzu: „Möchtest du dich bei mir zu Hause ein wenig ausruhen oder darf ich dich zum Essen einladen?“
Das eine schloss das andere nicht aus, ich wollte ihr eine Wahl lassen.
„Ich bin ja auch noch geschäftlich hier, wie du weisst. Darum werde ich im Hotel übernachten. Wenn du mich begleiten willst?“
Ich sagte eine Spur zu laut ‘gerne’ und verzog das Gesicht zu einem Lächeln.

Zerknirscht rief ich ein Taxi herbei.
Ruth war in einem Hotel in der Innenstadt untergebracht. Die Agentur, für die sie nun arbeitete, hatte ein Zimmer mit Frühstück reserviert.
Das wenigstens kam mir gelegen. Wir könnten einander über Mittag und auch abends treffen. So wäre ich öfter in ihrer Nähe.
Ich musste die Beziehung ständig unter Strom halten, sonst ging das Licht aus.
Vorläufig verschwieg ich meine Gedanken.
In der Hotelhalle schien mir der Augenblick günstig, um einen Zahn zuzulegen, damit nicht zum vorneherein alles im Unverbindlichen bliebe, ich bloss ein Begleiter auf Abruf wäre.
„Ich warte hier auf dich", sagte ich und bot ihr erneut mein charmantes Lächeln.
„Gut", erwiderte sie, „ich mach mich nur schnell frisch."
Das war gediegen ausgedrückt und liess auf eine Erziehung schliessen, die noch vor der ersten Nacht die Verlobung kannte.
Einmal mehr stand ich allein in der Lounge, guckte doof auf die Broschüren, die auch hier aufgelegt waren. Es war schlecht, dass sich alles wiederholte. Ich musste an Hans denken, der trotz seines Namens keiner im Glück war. Mir sollte das Pech nicht an den Schuhen kleben.

Ruth hatte sich umgezogen, verliess den Lift in Jeans und Bluse, an ihrer Schulter baumelte eine Reportertasche. Unter der Bluse trug sie einen straf-

fen BH, der dem Busen Form und Halt gab, aber auch jede Einsicht verwehrte.
„Siehst fabelhaft aus“, sagte ich.
Sie blickte mich schräg an.
Irgendetwas klemmte, und ich erriet nicht, was es war. Die Abstimmung unserer Gefühle klappte nicht, das Timing zwischen uns war verschoben. Zufall oder bewusste Taktik?
Das musste ich herausfinden, wollte ich nicht im Nebel ihrer Psyche umherirren. Noch bevor wir auf der Strasse waren, sagte sie: „Ich habe leider nur eine kurze Mittagspause, dann treffe ich mich mit dem Team zu einer Besprechung.“
Immerhin schmierte sie mir noch Butter aufs Brot, indem sie anfügte: „Ich hoffe, dass uns heute abend mehr Zeit füreinander bleibt.“
Sie sagte das wie ein Chormädchen.
Ich verbot mir eine Entgegnung.
Es gab zwei Argumente, um Ruth nicht in ein Restaurant zu führen: Zum einen hätte die Zeit für ein ausgedehntes Essen nicht ausgereicht, und zum anderen wollte ich den Höhepunkt, das traute Tête-à-tête, nicht vorwegnehmen. Der Abend ist der Liebe von jeher zugeneigter als der hellichte Tag.
Ich bugsierte Ruth in ein Café mit einer Imbissecke. Die Atmosphäre war nüchterner als in einem Gemeindesaal, alles auf die Schnelle ausgerichtet. Ein Kommen und Gehen wie in einem Hühnerstall. Ein tiefschürfendes oder gar intimes Gespräch war nicht möglich. Das entsprach ganz meiner Absicht. So

konnte ich mein grosses Feuerwerk aufsparen bis zur Stunde, wo es Ruths Herz erwärmte.
Während des Essens, Pouletfrikassee mit Kartoffelpüree und Erbsen, erlaubte ich mir die Freiheit, Ruth über ihren Aufenthalt auszufragen. Ich erfuhr, dass sie als Assistentin des Art Directors für die Realisierung von Werbespots verantwortlich war, zuständig für Örtlichkeiten, Kulissen und Requisiten, allenfalls auch für Computeranimation. Ausserdem musste sie jeweils die Schauspieler und Schauspielerinnen engagieren. Bei den Aufnahmen überwachte sie den Ablauf - das gesamte Brimborium einer simulierten und manipulierten Welt, so schön wie Kunstschnee und Soft-Ice.
Über den Wolken mochte ja die Freiheit grenzenlos sein.
Ruth war richtig aufgedreht, als sie mir das erzählte. Für mich hatte sie nichts übrig. Eigentlich hätte ich mich verabschieden sollen.
Fuck me and good bye.
Doch so hartgesotten war ich nun wieder nicht.
„Das ist ja ungeheuer interessant", schmeichelte ich ihr und fand das Gespräch zum Kotzen.
„Aber auch furchtbar aufreibend, abends bin ich todmüde."
Ein klares Signal an meine Adresse.
Ich steckte die Watsche stillschweigend weg.
Auffällig ihre Nervosität. Das Colaglas zitterte in ihrer Hand, sie nippte in kurzen Abständen, stellte das Glas sofort wieder hin, nur, um es erneut zum Mund zu führen.

Einmal fiel ihr die Gabel samt der Ladung auf den Teller.
Gerne hätte ich diese Erregung auf mein Konto verbucht.
Am meisten aber störte mich, dass sie ständig auf die Uhr sah, ihre Uhrzeit erst noch mit meiner verglichen haben wollte.
Ich war heilfroh, als sie verkündete, dass sie zur Arbeit müsse.
Gebieterisch rief sie der Bedienung, zerrte das Portemonnaie aus ihrer Tasche und zahlte.
Eine Demütigung.
Sie drückte mir einen flüchtigen Kuss auf die Stirn und verschwand zwischen den Leuten.
Einen solchen Aufbruch hatte ich nicht vorgesehen.
Spröde und geringschätzig.
Aber ich hatte nun mal zur Schnepfenjagd geblasen.
Und ein Weidmann gibt nicht so schnell auf. Trotzdem: Was schiefgehen konnte, war schiefgegangen. Da halfen auch keine frommen Sprüche. Wie die Blumen schnell dahinwelken, dachte ich. Mitten in dieser Talfahrt erwartete mich schon der nächste Schlag. Den hatte allerdings ich zu verantworten: Ich hatte Ruth nicht gefragt, wann ich sie im Hotel abholen solle.
Ein grober Fehler, wie er selbst für einen Anfänger unverzeihlich gewesen wäre. Alles hing in der Luft wie ein Ballon. Meine Niedergeschlagenheit kippte um in Wut, ich hätte auch mich am liebsten zerfetzt. Ich wünschte uns beide in die Hölle; dort hätten wir zusammen über dem Feuer schmoren können.

Der Abend wurde zur leeren Verheissung. Weisst du, wieviel Sternlein prangen, Liebstes?
Ich werde dir zwei pflücken. Eines für mein Knopfloch im Jackett, das andere für dein Haar.
Ich schleppte mich nach Hause. Weidwund legte ich mich aufs Bett, döste bis gegen sechs Uhr stumpf vor mich hin.
Nur mühsam fand ich mich wieder zurecht. Zuerst musste ich den gerissenen Film wieder zusammenflicken. Fussfällig flehte ich John Rifle an, mir beizustehen. Aber er hüllte sich in Schweigen, sein Blick verwandelte mich in eine erbarmungswürdige Schnecke.
Auch Armani hatte nichts übrig für meine Verzweiflung, er zuckte mit den kunstvoll wattierten Schultern. Und der dritte im Bunde, Lagerfeld, liess einen bösen Rülpser fahren.
Ihr seid allesamt kleine, miese Ganoven, aber keine Freunde, schrie ich sie an.
Mein Zorn prallte an ihnen ab. Kein Zweifel, sie hatten mich abgeschrieben. Nach dem ersten Schock schwor ich, es diesen kleingeistigen Schmierfinken heimzuzahlen.
Ihr seid wie Conan der Barbar, donnerte ich und starrte durch sie hindurch.
Doch das nützte wenig. Ich hätte geradesogut Zeus verfluchen können.
Sobald die Troika verduftet war, raffte ich mich auf. Handeln war angesagt.

Es gehört zu den Grundsätzen eines jeden Seminars für angehende Führungskräfte, dass das Bewusstsein mit einem Lächeln zu überfluten ist.
Aus meinem abgegriffenen Telefonbuch suchte ich die Nummer des Hotels heraus, wo Ruth logierte.
Der Concierge teilte mir müde mit, dass Frau Schneider noch nicht zurückgekommen sei, auch keine Nachricht hinterlassen habe.
Der gleiche Spot fast, nur zeitverschoben.
Shit, entfuhr es mir.
In meiner abgrundtiefen Enttäuschung beschloss ich, mir einen privaten Fantasyclip reinzuziehen. Schadenfroh verriet ich Ruth an diese wunderbare Maria, in deren Schoss ich beinahe meinen Stiel gesenkt hätte.
Die Maria von der Derby Bar wand sich in meinen Armen, wir pflügten zusammen über das zerwühlte Bett, einmal sie kieloben, dann wieder ich, sie drehte sich an meinem Spiess, gab mir mit ihren weichen Schenkeln die Richtung an. So vögelten und tirilierten wir durch die Nacht, durchquerten die Milchstrasse, vögelten happy weiter, bis der Morgen unsere heissen Leiber abkühlte.
Mit Gewalt musste ich mich davor zurückhalten, in die Derby Bar zu rennen, Hals über Kopf mein letztes Geld hinzublättern, um bei Maria und ihrem himmlischen Leib all die Wollust zu erfahren, die mir Ruth vorenthielt und die mir zu schenken sie offenbar nicht bereit war.
Auf diesem Gebiet war sie wohl eine taube Nuss.

Kaum hatte ich wieder einen einigermassen nüchternen Zustand erreicht, so musste ich mir eingestehen, dass ich Fleisch mit Geist verwechselte, meine Ungeduld zu nichts führte. Es galt, Ruths Zuneigung zu gewinnen, und wie ein guter Wein musste sie reifen, bis sich daraus allmählich die wahre Liebe ergab. Du hast deine Zukunft mit Ruth verknüpft, mahnte ich mich, also zügle deine Träume, sonst kannst du sie in den Schornstein schreiben.
Und wie lange noch? fragte ich sophistisch, erhielt aber keine Antwort.
Das Ringen mit meinem Ich und Über-Ich endete in dem Urschrei: Ich lass mich nicht kastrieren!
Nach einer weiteren qualvollen Stunde, die ich, geknickt von Scham und Schuldgefühlen wegen meines triebhaften Ausbruchs mit stumpfsinnigem Hin- und Herlaufen totgeschlagen hatte, rief ich nochmals im Hotel an. Der Concierge wusste nichts Neues.
Mit mir und der Welt zerfallen, verstört wie ein herrenloser Hund, begab ich mich zum Hotel.
Je näher ich kam, um so gereizter wurde ich. Auf den letzten Metern sah ich nur noch rot.
Für einmal kein Underdog sein - das wäre die Erfüllung an sich. Nicht Macht besitzen, Macht war ohnehin ein Missverständnis. Darum ging es mir nicht. Nie und nimmer wollte ich zum Verein der Samsoniten gehören. Leider aber war auch das bescheidenste Glück stets von Geld abhängig. Keiner sollte vom Gegenteil schwafeln. Sand in die Augen streuen, das konnte ich mir selbst.

Mit einem einzigen Stoss liess ich die Glastür bis zum Anschlag schnellen, sprang die Treppe hoch und pfählte mich vor der Empfangstheke mit den Füssen in den Teppich.
Eine Frau hatte jetzt Dienst. Ich musste mich nicht als erfolglosen Anrufer blossstellen.
Die Auskunft lautete jedoch nicht anders. Keine Spur von Ruth.
Wie ein halbvertrottelter Engländer, der jede Reise als Bildungsurlaub versteht, versenkte ich mich widerwillig in die Broschüren auf dem Rauchertischchen. So vermochte ich mich halbwegs von meinen Befürchtungen abzulenken. Erschiene Ruth, sollte sie nichts von meiner Erregung merken. Ich musste Gelassenheit vortäuschen. Alles stand auf der Kippe.
Lustlos blätterte ich die Hochglanzseiten durch, von Anfang bis Ende und wieder zurück, um nicht bei der Concierge unangenehm aufzufallen.
Schliesslich konzentrierte ich mich auf den Stadtführer, der mir mit seinen polierten Sätzen einen unterhaltsamen Zeitvertreib bot:
'Wenn Rom ewig ist, London geschäftig, Paris fröhlich und wenn Wien ein bisschen traurig ist - was ist Basel?'
Gute Frage. Die Belehrung folgte auf dem Fusse.
'Basel, die alte Stadt am Rhein an den Grenzen dreier Nationen, ist alles zusammen und doch ganz anders. Denn hier, in der Stadt der Humanisten, wurden schon 'ewig' Welten bewegt - geistige.'
Hätte ich einen Hut aufgehabt, ich wäre vor Hochachtung genötigt gewesen, ihn abzunehmen oder ihn

aus schierer Verblüffung über diesen Hochseilakt in den Nacken zu schieben. Wie ein Polier auf dem Bau, wenn er selbstherrlich das entstehende Gebäude betrachtet.

Mein Gott, so vermessen war nicht einmal ein Heiratsschwindler.

Da war wohl ein Schreiber am Werk gewesen, dessen Mund bloss noch Sprechblasen produzieren konnte, oder ein Werbefuzzi, der seiner Glühbirne zuviel zumutete. Wie sagte einst Professor Kulm in einer Vorlesung über Sprachkritik: 'Ein guter Text vibriert vor relevanter Sprachlichkeit.'

Der Stadtführer hudelte in diesem Stil weiter: 'Basel setzte sich Denkmäler, schöne, kostbare, prunkvolle. Aber Basel ist kein Protz und muss seine Gegenwart nicht an einem längst verblassten Glanz messen.'

Mir kamen fast die Tränen. Und mein Hintern versank so tief im Ledersessel, dass ich befürchtete, nicht hochzukommen, wenn Ruth auftauchte.

Doch sie kam nicht.

Die Broschüre hatte mich immerhin auf einen überraschenden Gedanken gebracht.

Warum meldest du dich eigentlich nicht als Fremdenführer? Solche Sätze könntest du schnell herunterquasseln, und mit deinen umfassenden Kenntnissen noch viel mehr dazu. Auf französisch, englisch und, wenn es sein müsste, auch auf italienisch.

Und dabei würde ich erst noch mit Frauen Bekanntschaft machen. Flüchtig, aber mit der Aussicht, nach London, New York oder sonst wohin eingeladen zu werden. Ich war von dieser Idee begeistert.

Trotzdem, vorläufig galt es abzuwarten, wie sich die Sache mit Ruth entwickelte. Man kann immer nur einen Fisch an der Angel haben.
Mittlerweile wollte ich nicht mehr daran glauben, dass Ruth noch auftauchte, bevor ich eingeschlafen wäre. Wahrscheinlich aber hätte mich die Concierge schon vorher hinauskomplimentiert.
Nicht auszumalen, wie ich reagiert hätte, wäre Ruth mit einem flotten Hecht durch die Flügeltür getreten.
Die Zeiger der scheusslichen Neuenburger Pendule an der Wand rückten gegen halb neun. Ich war zermürbt, bereit, Rückzug zu blasen und den Tag endgültig im Orkus zu versenken.
Die emsige Biene am Empfang schaute immer öfter zu mir herüber, ihr Gesichtsausdruck wurde zusehends verschlossener.
Ich hatte nicht mehr die Kraft, sie als Ersatz für Ruth anzumachen.
Hoppe, hoppe Reiter, wenn er lacht, dann fällt er.
Auf dem Stadtrundgang in der Broschüre war ich nun zum x-ten Mal bei dem Kapitel mit der sinnigen Überschrift 'Die Basler Alpenwelt' angelangt, einem geistigen Salto mortale, der dem Clown Grock alle Ehre gemacht hätte. Da streifte mich ein Windstoss im Nacken. Ich liess die Broschüre fallen und blickte zum Kronleuchter hoch. Die Glasperlen klirrten so wunderbar.
Ruth trat auf mich zu, atemlos und zerrupft, beugte sich zu mir herunter und keuchte: „Igor, wie bin ich glücklich, dich anzutreffen, ich glaubte schon, es sei

alles verpatzt. Sei mir nicht böse, es lief nichts rund, und ich habe deine Telefonnummer nicht."
Ihre Verstörung dünkte mich echt, sie zog keine Show ab, soviel vermochte ich abzuschätzen. Nein, verblendet war ich keineswegs.
„Schwamm drüber", sagte ich, „Hauptsache, wir haben einander wieder gefunden. Jetzt machen wir uns erst recht einen angenehmen Abend."
„Ja", wisperte sie, „das machen wir. Ich möchte mich nur noch schnell duschen und umziehen, kannst ja mit aufs Zimmer kommen."
Ich war platt. Was für eine Wundertüte! Darin lagen die verschiedensten Bonbons. Vielleicht war sie gar nicht so prüde. Unverhofft kommt die Maus zum Speck. Im Lift stand sie bocksteif in einer Ecke, auf Distanz zu mir bedacht. Einmal mehr dieses verhasste Wechselbad.
Zuckerbrot und Peitsche.
Also doch eine Sadomaso-Zicke. Oder gehörte sie zur Gattung der Lockvögel, die mit ihrem Geflöte die Männchen verrückt machen, um sie dann mit dem Schnabel wegzuhacken?
Ich beschloss, mich im Zaum zu halten, erst sollte sie unmissverständlich gurren. Das Balzen überliess ich ihr. Rollentausch heisst das heute.
„Setz dich solange", sagte sie im Zimmer.
Ungeniert zog sie sich bis auf Slip und BH aus, hielt meinem gefrässigen Blick ohne Widerspruch stand. Ein Strip ohne Firlefanz, dennoch anregend. Ist sie etwa auf einen Quickie scharf? fragte ich mich, aber da war sie schon im Bad verschwunden.

Sie hatte keine schlechte Figur; die Beine waren ein wenig zu kurz und für meine Begriffe zu stämmig geraten, dafür war ihr Po eine prachtvolle Halbkugel. Das Fleisch war weit frischer als ihr Gesicht.
Noch war ich in Gedanken mit der Geografie ihres Körpers beschäftigt, als sie aus dem Bad kam; sie hatte sorgfältig ein Tuch um sich geschlungen. Schade, ich hätte gerne einmal ihre beiden Möpse gesehen.
„Kann ich dir behilflich sein?“ fragte ich scheinheilig und machte Anstalten, aufzustehen.
Sie wehrte freundlich, aber entschieden ab.
Wie gewohnt, wenn es für sie heikel wurde.
Sie ging zum Schrank, holte frische Wäsche und ein Kleid.
Dabei fiel ihr die Strumpfhose zu Boden.
Honni soit qui mal y pense.
Ich sprang hoch und hob die Strumpfhose auf, verhedderte mich halb gewollt, halb zufällig am Badetuch, so dass meine Hand ihren nackten Schenkel berührte. Das ist der Point of no return, sagte ich mir und liess die Hand nach oben gleiten gegen das Bermuda-Dreieck.
Sie stoppte meine Eroberungsgelüste.
„Nicht jetzt, im Hotelzimmer“, sagte sie weich, „wir haben Zeit.“
Ich werde dich beim Wort nehmen, mein Schneeflittchen, gelobte ich mir.
Das Badetuch rutschte hinunter, doch bevor ich einen Blick voll Nacktheit nehmen konnte, entfleuchte sie wieder ins Badezimmer.

Chic kam sie heraus, sagte forsch: „Hast du‘s immer so eilig?“
Beherzt und schlagfertig antwortete ich: „Bei schönen Frauen schon.“
Advantage Igor!

Wir einigten uns darauf, diesmal ein anderes Speiselokal aufzusuchen. Wiederholungen sind immer schlecht, wusste Ruth.
Ich konnte dem nur beipflichten. Nun musste der Wagen weiterrollen. Bei der anhaltenden Wärme konnten wir auf der Rheinterrasse eines nahen Hotels essen.
„Hier könnte ich stundenlang sitzen und träumen“, sagte sie. Diese Poesie gefiel mir gar nicht, ihr Rhythmus war mir zu verhalten. Und nach ihrer Peepshoweinlage wollte ich auch verbal nicht zurückbuchstabieren. Trotzdem schien es mir geraten, das Gespräch eine Weile auf den glitzernden Wellen tanzen zu lassen.
„Kennst du das ‘Stundenbuch’ von Rilke?“ fragte ich.
„Nein“, sagte sie abwesend.
„Das musst du unbedingt lesen, am Rhein wäre der Ort dafür.“
Plötzlich verhärtete sich ihr anmutvolles Gesicht.
„Hast du was?“ erkundigte ich mich ehrlich besorgt.
„Lassen wir das jetzt beiseite.“
Ich bestand darauf, dass sie berichtete.
„Es war furchtbar heute, wir sind keinen Schritt vorangekommen, im Gegenteil.“

„Warum denn das?“
„Wir, ich meine die Agentur, hatten die ‘Kit-Kat-Bar’ gemietet, um dort den Werbespot zu drehen. Aber der Besitzer weigerte sich plötzlich, aus unerfindlichen Gründen, uns auch nur reinzulassen, trotz der Vereinbarung.“
„Dann geht gerichtlich gegen ihn vor.“
„Das brächte nichts. Wir müssen in zwei Tagen das Ding im Kasten haben. Zu allem Ungeschick hat uns noch die Schauspielerin versetzt. Igor, ich bin verzweifelt. Bei einer solchen Panne, selbst wenn mich keine Schuld trifft, kann ich meine Stelle glatt vergessen.“
Meine grauen Zellen schalteten blitzschnell.
Igors Stunde hatte geschlagen. To whom the bell tolls.
Die Chance meines Lebens sass mir auf der Schulter. Mir war wie einem Goldgräber zumute, der einen pfundschweren Nugget ausgebuddelt hat.
„Ich glaube“, sagte ich, „das Problem wäre zu lösen.“
„Und wie? Wir haben alles versucht.“
„Lass mich mal überlegen.“
„Spann mich nicht auf die Folter.“
Ich zückte mein As, legte es aber noch nicht auf den Tisch.
Sollte Ruth zappeln, sie hatte mich auch hängenlassen.
Nach einer längeren Pause, während der ich zufrieden ass, sagte ich: „Vielleicht könnte ich ein anderes Lokal organisieren.“

„Es müsste eine Bar sein, wir brauchen einen Originalschauplatz."
Wie sachlich sie daherredete. Nicht einmal ein paar Streicheleinheiten als Vorschuss. Doch daran durfte ich mich jetzt nicht stossen. Die Hürde musste genommen werden. Und ich wäre John Rifle in seinen besten Jahren.
„Es ist eine Bar", sagte ich, „und wie ich vermute, passt sie genau für eure Zwecke."
Ruth sah mich zweifelnd an, schob ihren halbvollen Teller von sich.
Was war ich eigentlich in ihren Augen? Ein mickriger Aufschneider? Die Wut kroch wie eine Schlange in mir hoch. Aber ich biss auf die Zähne. Nur kein Gift verspritzen, sonst wäre alles verdorben. Der Einsatz war zu hoch, als dass ich hätte beleidigt sein dürfen.
„Und?" sagte ich. „Wäre das nicht die Lösung?"
Ich betonte absichtlich das 'die', damit Ruth begriff.
Und sie schien zu kapieren.
Sie fasste nach meiner Hand, die ich mitten auf dem Tisch in Lauerstellung gelegt hatte, flötete: „Igor, das wäre die Rettung."
„OK", erwiderte ich ohne Sentimentalität, „so lass mich mal machen."
„Es müsste aber schnell sein, jeder verlorene Tag kostet eine Menge Geld."
Das kostete mich das Essen in diesem Nobelrestaurant auch. Und Ruth hatte kaum etwas angerührt.

„Ich werde mein Möglichstes tun. Heute ist Dienstag, morgen hat die Bar geschlossen. Da ist der Besitzer sicher zu sprechen."
„Versuch es, ich bitte dich. Ich könnte dich begleiten."
Das wollte ich unter keinen Umständen. Ruth hätte mit ihrer staksigen Art das Goldei in die Pfanne gehauen.
„Das lass mich allein durchziehen, der Besitzer hat ein gebrochenes Verhältnis zu Frauen."
Sie zog die Augenbrauen hoch.
„Du scheinst dich ja in dieser Bar gut auszukennen."
Da war mir leichtsinnig was rausgerutscht. Ich musste schnell den Fallschirm öffnen, sonst gab's eine Bruchlandung.
„Ich war mit einem Kollegen zufällig einmal dort. Nichts weiter. Ich gehöre nicht zu den Nachtfaltern, die von Bar zu Bar flattern. Dass du mir sowas unterstellst."
„Entschuldige. Gut, dann geh du allein."
Jetzt lag das Glück als fette Taube in meiner Hand. Alles andere konnte mir egal sein. Auch Ruth. Von nun an war sie nichts weiter als meine Geschäftspartnerin. Was sollte ich auch mit dieser Wachtel im Bett? Meine Pläne gingen bereits weiter. Ich wollte nicht nur Vermittler sein. Da lag jetzt mehr drin. Ich dachte an Maria.
Meine Zukunft musste offenbleiben wie ein Scheunentor, bevor das Heu eingefahren wird.
Verstohlen sah ich zum Nebentisch, wo seit einiger Zeit John Rifle, Armani und Lagerfeld die feinen

Herren herauskehrten, ihre Kehle mit teurem Burgunder netzten.
Und was ich nie für möglich gehalten hätte: Alle drei nickten mir aufmunternd zu. Was für eine Ehre!
Langsam wurde es kühl auf der Terrasse, der Rhein zerfloss in der Nacht. Ein entscheidender und denkwürdiger Abend ging für mich zu Ende. Es war ein wunderbares Gefühl, den eigenen Finger am Drücker zu spüren. Ausgeräumt die Angst, die Begegnung mit Ruth könnte zu einem Fiasko werden. Sie hatte als Königin auf dem Schachbrett abgedankt, geschlagen von einem simplen Bauern.
„Möchtest du noch einen Kaffee?“ fragte ich, um den Schlusspunkt zu setzen.
„Nein danke, mir ist kalt.“
Das war beinahe ein klassischer Satz.
Ich rief den Ober und verlangte die Rechnung. Sollten mir die Götter gnädig gesinnt sein, dann war es zum letzten Mal, dass ich mit geliehenem Geld den Kavalier spielte.
Hans und Max und noch einige mehr, die mich zum Arschloch gemacht hatten, wären künftig die Habenichtse. Ich, der King und Krösus, sässe am Steuer eines Ferrari und sammelte die schönsten Frauen ein. Auferstanden wie Phönix aus der Asche.
Von allen gepriesen und gehätschelt.
Maria wäre meine Barbarella.
Und ich müsste nicht wie dieser Leuenberger nach dem Grufti-Paradies Florida flüchten. Umgirrt von Hostessen landete ich in Rio oder Montevideo, liesse

mich wie ein spätrömischer Kaiser verwöhnen. Meine einzige Schwäche wären die Frauen.
Beim Hinausgehen blieb Ruth unvermittelt stehen, hielt eine Hand auf den Magen.
„Ich fühle mich nicht wohl“, presste sie hervor.
Sie würgte und eilte zur Toilette.
Diese Tour kennen wir, hätte ich ihr gerne nachgerufen.
Ausgerechnet jetzt, wo der Aufschnitt auf der Platte lag, sollte ihr schlecht werden. Die hatte das Höschen voll, noch bevor es ernst wurde.
Auch das konnte mir nun egal sein.
Also fläzte ich mich in einen Sessel und harrte der Dinge, die mich nicht mehr überraschen konnten.
Als sie zurückkam, tat sie mir leid. Sah wie ein todkrankes Küken aus. Das Bumsen musste ich endgültig vergessen.
Als vollendeter Gentleman fragte ich, ob sie sich bei mir zu Hause ausruhen möchte, ich würde ihr gerne einen Tee zubereiten.
„Das ist sehr liebenswürdig. Aber ich gehe lieber ins Hotel zurück. Du hast bestimmt noch einen netten Abschluss erwartet, doch es war nicht der letzte Abend, den wir zusammen verbringen. Ich hoffe es zumindest.“
Wir fuhren in einem Taxi zu ihrem Hotel, wo ich mich verabschiedete, nicht ohne betont zu haben, dass ich sie im Lauf des nächsten Tages anrufen werde.
Ich meinte wegen der Sache mit der Bar.

Im Einklang mit meiner Seele schlief ich bis gegen elf. Erholt und voller Tatendrang erhob ich mich.
Die Brötchen, aufgewärmt auf einer Kochplatte, schmeckten ausgezeichnet. Ich profitierte davon, dass ich allein war, verschlang eins nach dem anderen. Gesättigt und erleichtert durch ein hörbares Aufstossen wählte ich die Nummer der Derby Bar, in der Annahme, der Besitzer werde seinen Hängebauch inzwischen über die Bettkante gewälzt haben. Aber es meldete sich niemand, seine Tussis und die anderen Liebesdienerinnen pennten wohl auch noch. Eine herbe Enttäuschung.
Doch clever wie John Rifle liess ich mich deswegen nicht ins Bockshorn jagen, schliesslich befand ich mich auf der Zufahrt zum Highway meines Glücks. Dieses Missgeschick war nur ein Steinchen auf dem gleissenden Asphalt.
Mein Kopf hatte sich anscheinend bereits darauf eingestellt, auftauchende Hindernisse gleich wegzuräumen. Eine innere Stimme, nicht unähnlich der von John Rifle, worauf ich sehr stolz war, empfahl mir, die Privatnummer des Barbesitzers einzustellen.
Ein mürrisches ‘Hallo’ kroch durch die Leitung.
Ich erklärte kurz, wer ich sei, damit er wusste, dass ich kein Schutzgeld von ihm erpressen wollte. Unerwartet schnell fiel bei ihm der Groschen.
„Und?“ brummte er, so weit weg, als würde ich mit Medellin kabeln.
Ich blieb ausnehmend höflich, achtete darauf, kein falsches Wort zu sagen, damit er nicht auflegte.

Als Vorwand für ein Rendez-vous diente mir der Restaurantführer, obenhin erwähnte ich, dass seine Bar mit einem Foto vorgestellt werde. Diese Speichelleckerei machte ihn wach. Dann liess ich die Mieze voll auf den Wackel und schlug vor, ihm als einzigem den Text für den Eintrag in den Guide vor der Publikation zu zeigen. Und da er weiter begriffsstutzig tat, zog ich am Harmonium noch ein Register, sagte, dass dies ein Privileg sei, weil er meinen Compagnon und mich so zuvorkommend empfangen habe. Ob ich nicht trotz seiner anderen Verpflichtungen vorbeikommen könne, es eile.

Er liess sich Zeit mit der Antwort, ich zitterte. Wenn er mich abblitzen liess, erlitt ich Totalschaden und meine Hoffnungen würden im Shredder zerquetscht. Vielleicht war es reine Neugier, oder ich hatte bei ihm die einzige intakte Saite gezupft. Jedenfalls willigte er ein.

Ich warf mich auf den Stuhl vor der Schreibmaschine, trommelte aufs Gehäuse, bis ich meine Gedanken gesammelt hatte.

Gleich einem Besessenen traktierte ich die Tasten, lobte das Etablissement als ein Refugium der Sinne, raspelte Süssholz mit dem Hinweis auf die gehobene Atmosphäre, die aufmerksame Bedienung und die exquisite Küche, die den Gaumen verwöhne. (Was weder Hans noch ich hätten bestätigen können.) Und weiter mit diesem Schwulst zwischen Dichtung und Wahrheit. Nach einer Viertelstunde war das Machwerk vollendet.

Alfonso Paroli, wie sich der Barbesitzer mir später vorstellte, öffnete verschwörerisch die Tür und führte mich in sein Büro. Beim Durchschreiten des Gästelokals flatterte mir ein Geruch von abgestandenen Speisen, Rauch und billigem Parfüm entgegen, dass mich ekelte. Irgendwie erinnerte mich der Duft an die Pferdeäpfel, die ich als Kind jahrelang bei Bauern für den Schrebergarten meines Vaters geholt hatte.
„Dann zeigen Sie mal", sagte Alfonso Paroli.
Trotz seines italienischen Namens sprach er akzentfrei schweizerdeutsch, was mir beim Besuch mit Hans nicht weiter aufgefallen war, mich jetzt aber fast aus der Fassung brachte.
Alfonso Paroli las genau, rutschte mit dem Finger von Zeile zu Zeile. Mit einem billigen Kugelschreiber strich er ein Wort durch. Ihm gefiel 'kontaktfreudig' nicht, womit ich die Damen beschrieben hatte, die den einsamen Herrn erwarteten. Er setzte statt dessen 'zuvorkommend' vor die Damen.
Stolz in der Meinung, etwas verbessert zu haben, hob er seinen Kopf, hielt mir das Blatt hin und sagte: „Sehr gut, hoffentlich bringt das mehr Leben in den Laden."
Dabei grinste er schwachsinnig.
Ein Etappensieg für mich. Aber das Rennen begann erst richtig.
Vor mir eine schwere Alpenstrecke.
Ich musste mit vollem Einsatz pokern.

Alfonso Paroli erhob sich, für einen Augenblick war es in diesem Kabuff still wie in einer Kirche.
Ich tat keinen Wank.
„Noch etwas?“ fragte er.
„Ja“, sagte ich. „Da hätte ich noch ein interessantes Angebot.“
Alfonso Paroli stutzte, sein Gesicht versteinerte, als hätte ich ihm einen Polizeiausweis unter die Nase gehalten.
Wahrscheinlich dachte er an Stoff wie einst die Grossmutter ans Nähkästchen. Nur hatte der Begriff ‘Stoff’ im Lauf der bewegten Zeiten noch eine andere Bedeutung bekommen.
„Und das ist?“ murmelte er hinterhältig.
„Ein Bombending und zwei Tage Ferien für Sie.“
Alfonso Paroli machte eine Armbewegung, ich glaubte schon an einen linken Haken à la John Frazier.
Sofort wiegelte ich ab, sagte: „Ein völlig harmloses und legales Geschäft.“
Das hätte mir gerade noch gefehlt, dass ich mit gebrochenem Unterkiefer ausser Gefecht gesetzt worden wäre.
Ich atmete tief durch und erklärte:
„Um Ihre Zeit nicht lange zu beanspruchen: Eine Werbeagentur will einen Spot in einer Bar drehen und sucht ein Lokal wie Ihres. Fünfundzwanzig Riesen kann ich bieten, fünf davon gehen in meine Tasche. Und Sie müssen nichts dafür tun.“
Alfonso Parolis Gesichtszüge entspannten sich kurz, dann legte er seine Stirn in düstere Falten.

Ich sah ihm an, dass er hin und her überlegte. Schwerarbeit für ihn.
Ich leistete ihm Entscheidungshilfe.
„Ist doch eine phantastische Reklame für Sie und die Bar. Der Spot läuft über sieben Kanäle."
Das war natürlich erstunken und erlogen. Die Zahl sieben war mir als heilige Zahl durch den Kopf gegangen.
„Und wann wäre das?"
Ich hatte Paroli in der Tasche.
„Möglichst schon morgen."
„Für wie lange?"
„Zwei Tage, wie gesagt."
„Ich kann doch nicht einfach dichtmachen!"
„Warum nicht? Hängen Sie an die Tür ein Plakat 'Wegen Dreharbeiten bleibt die Bar geschlossen'. Das sollten Ihnen die Zwanzigtausend wert sein."
„Erst das Geld", feilschte er mit mafiosem Blick.
„OK, heute abend um sieben hier."
„Einverstanden."
Der Coup war mir gelungen.
Draussen warteten John Rifle, Armani und Lagerfeld. Sie empfingen mich mit einem sardonischen Lachen. Ich war irritiert, hatte ich doch von den grossen Lehrmeistern des unwiderstehlichen Auftritts ein Halleluja verdient.
Diesmal war es Armani, der sich von den unzertrennlichen drei löste. Er sagte knapp und bündig: Nicht dass Sie jetzt meinen, Sie könnten sich mit uns auf die gleiche Stufe stellen.
Ich war nie ein Meiner, gab ich frech zurück.

Solche Scherze können Sie bei uns vergessen! schrie mich Lagerfeld an.
Ich will mir's merken, konterte ich salopp.
Auf die Kappe scheissen liess ich mir nicht.
Die drei drehten ab.
Mich beschäftigte diese Massregelung nicht weiter. Schon gar nicht jetzt, wo ich mich im Aufwind befand. Es ging gar nicht ums Meinen, es ging um Facts.

Aus der nächsten Telefonzelle rief ich Ruth im Hotel an. Dort war sie nicht, der Concierge gab mir aber eine Nummer, unter der ich sie erreichte.
„Ruth", sagte ich, „die Sache mit der Bar ist paletti. Morgen könnt ihr anfangen."
„Wunderbar. Ich danke dir."
Es klang nicht begeistert, nicht einmal freundlich. Ich liess mich nicht abschrecken. Nun sass ich am längeren Hebelarm. Das musste diese Ziege schleunigst begreifen.
„Um halb sieben hole ich dich im Hotel ab, dann fahren wir zum Besitzer der Bar, kannst dir die Örtlichkeiten ansehen."
„Wieviel will der Mann?"
Wendig genug, um nicht ins offene Messer zu laufen, sagte ich: „Kommt drauf an. Wieviel hättet ihr für euren Schuppen hinblättern müssen?"
„Sag mal", gluckste Ruth, „wie redest du mit mir: paletti, Schuppen, hinblättern ..."
Das hätte mir nicht passieren dürfen. Da hatte ich ihre zarte Psyche angekratzt.

„Sorry, ich bin ein wenig gestresst, war nicht so leicht, den Mann zu beschwatzen.“
Kommunikationstheorie II, ‘Bewusstes Understatement’.
„Kannst du meine Frage trotzdem beantworten? Wieviel will der Mann?“
Ihre Stimme krächzte.
„Fünfundzwanzigtausend.“
Tote Leitung.
Durchhalten, mein Junge, sonst ist finito mit dem Absahnen.
Vor der Telefonzelle vertrat sich John Rifle die Beine.
Mit der Hand machte er das Zeichen des Halsabschneidens.
Das verlieh mir den nötigen Pep.
„Drunter macht er’s nicht“, sagte ich entschlossen.
„Es könnte noch im Rahmen sein. Ich muss das mit dem Art Director besprechen.“
Es knackste und rauschte im Apparat, ich rief noch ‘Good bye’.
Nicht gerade die feine Art, mit mir umzugehen. Offenbar waren ihre Magenbeschwerden gleich nach der Verabschiedung im Hotel unter dem Stichwort ‘faule Ausreden’ abgelegt worden.
Das schmälerte meine Zufriedenheit nicht: Ich hatte das beste Gespräch meines Lebens geführt.
Fünfundzwanzig Riesen und fünf davon in meine Tasche! Sowas hätte ich mir nicht einmal in einem Himmelbett träumen lassen.
John Rifle, sagte ich, bin ich nicht ein Platzhirsch?

Warten wir‘s ab, erwiderte er, schon mancher hat sich an seiner Einbildung überfressen. Halt lieber die Ohren steif.
Hatte ja nicht unrecht, der gute John Rifle. Alfonso Paroli könnte es sich noch anders überlegen. Wunsch und Wirklichkeit mussten sich erst zur Kopulation finden.
Ich ging kurz auf ein Bier in eine Beiz, nachher verdrückte ich mich nach Hause. In Ruhe wollte ich den Stand der Dinge überdenken.
El Dorado war zum Greifen nahe, ich hatte an seine Pforte geklopft. Aber sowohl Ruth als auch dieser Paroli konnten mir den Eintritt in letzter Minute vermasseln. Um mich zu entspannen, las ich seit langem wieder einmal in meinem geliebten Wittgenstein. Seine ‘Philosophische Grammatik’ lag griffbereit über meinem Bett. Und Wittgenstein bot mir die geistige Nahrung, die ich nach der wochenlangen Durststrecke dringend brauchte. Von der Aktion zur Reflexion. Sträflich hatte ich diese Erkenntnis vernachlässigt. Die Sprache war zum reinen Zweck verludert.
Gierig schlürfte ich seine Worte ein, sprach sie mir halblaut vor:
‘Die Erwartung kann man auffassen als eine erwartende, vorbereitende Handlung. Sie streckt wie ein Ballspieler die Hände aus, richtet sie, um den Ball zu empfangen. Mancher wird vielleicht sagen wollen: Die Erwartung ist ein Gedanke. Und ist die Erwartung der Gedanke: Ich erwarte, dass p geschieht, so

ist es unsinnig zu sagen, ich werde vielleicht erst später erkennen, was ich erwartet habe.
Und so ist es auch, wenn ich 'Erwartung' ein Gefühl nenne, etwa eins der Unruhe, Unbefriedigung.'
Und ein paar Zeilen später überraschte mich ein weiterer wahrhafter Gedanke:
'In der Sprache wird alles ausgetragen.'
Das war nun eine andere Realität, als die, in der ich steckte. Meine war unter diesem Aspekt nichtig, einzig gebunden an etwas, was eintreffen sollte. Eine Logik der Nützlichkeit; sie konnte nicht aufgehen, weil die Logik sich nicht der Nützlichkeit beugt.
Wie erfrischend war es, sich in einem Gebäude zu bewegen, wo der Wind des Geistes wehte, der sich nicht nach einem Ziel richten musste.
Wehmütig stellte ich mir vor, wie erhebend es sein musste, unabhängig von den Zwängen des realen Lebens sich der Fiktion eines nur gedachten Lebens hinzugeben. Die Existenz als Vorstellung dessen, was sie sein könnte, nicht aber sein musste.
Immer deutlicher wurde mir jedoch bewusst, dass ich mich als Protagonist in die Abfolge von Ereignissen gestellt hatte, nicht mehr frei handeln konnte, ohne meine innere Unabhängigkeit zu verlieren. Bestimmte ich nicht selbst, so wurde mir von aussen eine Rolle aufgezwungen.
Ich musste den Spagat wagen, sonst wäre ich verloren.
Ermüdet legte ich das Buch beiseite und döste vor mich hin, liess mich auf den Wellen meines halbwachen Gehirns dahintragen.

Punkt halb sieben betrat ich die Hotelhalle. Ruth sass in einem der schwülstigen Sessel. Diesmal war ich der Big Mac.
Sie war bleich, die ersten Fältchen, eingeritzt in die Haut, zeigten das wahre Alter.
Ich hatte Mühe, mich wieder zurechtzufinden auf dieser Landkarte.
Wie ein Schauspieler musste ich mich erst in die neue Rolle hineinversetzen. Und es musste mein grosser Auftritt werden.
Ich gab mir einen Ruck, ging auf Ruth zu.
Sie war nicht allein.
Neben ihr pflaumte gelangweilt und gebräunt ein Pseudosportler, die Beine weit von sich gestreckt. Wahrscheinlich der Art Director.
Ich liess mir meine Überraschung nicht anmerken. Das Problem war Ruth. Wie sie vor diesem Geck begrüssen?
Da in diesem Fall der Knigge nicht weiterhalf, besann ich mich auf die altbewährte Regel, wonach privat und Geschäft zu trennen sind.
Ich gab mir den Anschein eines zielstrebigen Managers, um den Zweck meines Hierseins von Anfang an klar zum Ausdruck zu bringen und die nötige Distanz zu schaffen. Dabei beliess ich es bei einem knappen Lächeln, das jede Intimität ausschloss.
Mein nachmittäglicher philosophischer Ausflug endete auf dem Parkett der definierbaren Tatsachen. Ursache und Wirkung als kausale Abhängigkeit.
Ruth hatte schnell geschaltet.

Sie sagte, bevor ich den Mund aufmachte: „Schön, dass Sie gekommen sind.“
Auch wenn der Rückfall in das ‘Sie’ möglicherweise boshaft gemeint war, mir kam dieser falsche Zungenschlag mehr als gelegen.
Ich neigte mich zu ihr hinab und gab ihr einen Handkuss.
Diese altväterliche Förmlichkeit wollte ich mir nicht verkneifen.
Ruth stellte mir den Pseudosportler als Herrn Dr. Knecht und Art Director vor, wobei ich mich fragte, wie der Knecht zum Direktor wurde und was das mit Art zu tun hatte.
Dr. Knecht, von Kopf bis Fuss ein Produkt des medialen Zeitalters, dankte mir für die geleistete Vorarbeit.
Nach diesen unverbindlichen Worten, vorgetragen im Tonfall eines Entwicklungshelfers, fuhren wir mit seinem Jaguar zur Derby Bar. Ich sass solo im Fond und durfte den Schwanenhals von Ruth bewundern.
Nicht mehr lange, sagte ich mir, und ich habe euch beide samt dem Alfonso Paroli weggeputzt. Ein Jährchen dazu und auch ich könnte am Steuer eines solchen Schlittens der Marke ‘vornehme Tiefstapelei’ sitzen.
Maria wäre gewiss auch weiterhin meine Glücksperle.
Alfonso Paroli erwartete uns bereits in der Bar, rückte eifrig einen Tisch und vier Stühle zurecht.

Eine seiner flotten Turteln brachte Gläser und eine Flasche Sekt. Das war offenbar das einzige Getränk des Hauses.
Nach dem ersten Schluck ergriff ich sogleich das Wort.
„Das also ist die Räumlichkeit“, sagte ich, „die uns Herr Paroli freundlicherweise zur Verfügung stellt. Dafür möchte ich ihm im Namen aller Beteiligten danken. Selbstverständlich hat wegen der Belegung des Lokals durch Ihre Werbeagentur - dabei verbeugte ich mich verbindlich vor Dr. Knecht - Herr Paroli einen nicht geringen Ausfall an Einnahmen. Dieser beträgt, wie mir Herr Paroli vorrechnete - ein gerissener Schlenker, der mir im richtigen Augenblick in den Sinn gekommen war -, im Tag etwa zehntausend Franken. Das macht für zwei Tage die Summe von zwanzigtausend, hinzu kommen noch fünftausend als Vermittlungsgebühr. Ich nehme an, dass alle Anwesenden, insbesondere Frau Schneider und Herr Dr. Knecht, damit einverstanden sind, werden doch der Agentur durch das Entgegenkommen von Herrn Paroli und dank meinen Bemühungen wesentlich höhere Verluste erspart.“
Es entstand eine Pause, Ruth blickte erst mich an, nicht wohlwollend und schon gar nicht herzlich, drehte sich dann zu Dr. Knecht.
„Was meinen Sie zu diesem Angebot?“
Ein verdammtes Luder! Sollte sie ja nicht versuchen, mich auszubooten; ich würde ihr coram publico die Wäsche vom Leib reissen.
Dr. Knecht räusperte sich, zupfte an seiner Krawatte.

Er plusterte sich auf wie ein balzender Auerhahn, sagte: „Ein Trinkgeld ist das nicht gerade, was Sie da verlangen!"
Wieder zupfte er an seiner Krawatte, mäkelte weiter: „Dekor und Ambiente sind nicht übel, dennoch, ich weiss nicht - es fehlt mir irgendetwas zum letzten Kick."
Da, in höchster Not, als die Sirenen heulten, kam mir Alfonso Paroli zu Hilfe. Sicher nicht selbstlos, aber das war nebensächlich.
„Ich muss bei meinem Angebot bleiben", sagte er, machte nicht nur mit seiner festen Stimme, sondern mehr noch mit seinem dunklen Anzug, der an jede Hochzeit gepasst hätte, eine gute Figur. „Der Ausfall ist hoch", fuhr er fort, „es sind mit Donnerstag und Freitag die besten Wochentage, besser als der Samstag neuerdings. Und so verdiene ich keinen Rappen, es geht Null für Null auf. Ich könnte ebensogut das Lokal offenhalten, das wäre für mich erst noch einfacher."
Ich war nahe dabei, Paroli zu applaudieren. Das hatte er irre zurechtgebogen.
Ruth und Dr. Knecht sassen in der Klemme, dieser Alfonso war ein begnadeter Kutscher, für die beiden glatt eine Nummer zu gross.
Natürlich lief seine Bar bei weitem nicht so gut, wie er das weismachen wollte. Das war Hans und mir bei unserem Besuch aufgefallen. Einige Tische waren unbesetzt geblieben, die Frauen hatten wie lahme Gänse an der Bar herumgelauert. Dr. Knecht bat, das Lokal für die Bedürfnisse des Werbespots näher in

Augenschein nehmen zu dürfen. Das hätte er auch von seinem Stuhl aus machen können. Reine Zeitschinderei, er hatte gewiss noch einen Knaller in petto.

Während Dr. Knecht blasiert herumwandelte, sah mich Ruth von der Seite an und zischelte: „Du mieser Falschspieler."

Stumm liess ich diese Liebenswürdigkeit an mir abgleiten. Warum sollte ich mich zur Wehr setzen, Ruths Zeit war ohnehin abgelaufen. Sie hatte das nur nicht gemerkt.

Alfonso Paroli beobachtete argwöhnisch den wandernden Dr. Knecht, sagte: „Sie können selbstverständlich Stühle, Tische und auch die Flaschen hinter der Bar je nach Bedarf verschieben oder entfernen. Wenn nur nachher alles wieder an Ort ist."

Dr. Knecht, der Kammgarn-Gecko, tändelte an den Tisch zurück, räusperte sich schon wieder und fummelte erneut an der Krawatte herum.

Ich erwartete den entscheidenden Satz. Und er kam.

„Einverstanden. Zwanzigtausend, aber ohne Vermittlerprovision."

Diese elende Ratte.

Ruth schwieg, stierte auf den Boden.

Was für eine faule Tomate. Go to hell!

Wie oft in Bedrängnis, reagierte ich instinktiv.

Ich spürte, wie sich mein Gesicht in das Westernface John Rifles verwandelte.

Meine Augen spiessten Alfonso Paroli auf.

Er zwinkerte kaum merklich.

Einmal mehr war er stärker als wir alle zusammen. Mit südländischem Stolz sagte er: „Meine Dame, meine Herren, es hat alles seinen Preis. Feilschen zählt bei mir nicht, zwanzigtausend für mich und fünftausend für Herrn Frick."
Der Boden wankte unter meinen Füssen.
Welche himmlische Fügung hätte mich jetzt noch retten können?
Selbst ein Pakt mit dem Teufel wäre vergeblich gewesen.
Auch John Rifle & Co. würden mich sausen lassen wie einen Furz.
Ich verfluchte meinen Leichtsinn, mir diesen Golodkowski übergestülpt zu haben. Die Tarnung war aufgeflogen.
In meinem schwindelerregenden Fall durch die schwärzeste aller Nächte schenkte mir das Gehirn einen Hoffnungsschimmer: Im Hotel hatte mich Ruth gar nicht mit Namen vorgestellt, wahrscheinlich, um nicht über den Zungenbrecher zu stolpern. Ausserdem war Dr. Knecht zu sehr mit sich und der Bar beschäftigt, um auf so etwas zu achten.
Blieb Ruth als Risikofaktor.
Ich wagte einen Blick zu ihr.
Sie sass zahm auf dem Stuhl und verfolgte jeden Schritt dieses elenden Dr. Knecht. So verpasste sie die Gelegenheit, mir den Todesstoss zu versetzen.
Möglicherweise war ihr in der Spannung und beim Schachern um die Summe mein unverzeihlicher Fehler, unter zwei Namen zu segeln, schlicht nicht aufgefallen. Vorläufig war die Gefahr gebannt.

Hauptsache, Alfonso Paroli hatte mich mit seiner Standhaftigkeit herausgehauen. Bestimmt nicht aus frommer Nächstenliebe. Der Schlawiner verdiente sich eine goldene Nase bei dem Deal.
Jetzt musste ich Dr. Knecht im Auge behalten, um nicht noch auf der Ziellinie abgefangen zu werden. Es ging um den ganzen Einsatz.
Dr. Knecht war auf seinem Rundgang stehengeblieben, starrte an die Decke mit den roten Lampen. Ich nahm die Gunst des Augenblicks wahr, drehte mich Ruth zu und spitzte meine Lippen zum Kuss, lächelte wie ein hungriger Liebhaber.
Sie verschmähte mein Zeichen.
Als Dr. Knecht von seinem Ausflug zu den Glühbirnen zurückfand, ging er um mich herum, nahm Ruth beiseite.
Für ein paar Minuten zappelte ich im ungewissen, ob ich gewonnen oder verspielt hatte.
„Meinetwegen", liess sich dann Dr. Knecht mit direktorialer Kompetenz vernehmen. Sein Köfferchen schnappte auf, er holte das Checkheft hervor.
Noch einmal forderte ich den göttlichen Merkur heraus.
„Wenn Sie bitte zwei separate Checks ausfüllen würden."
Sonst hätte sich Alfonso Paroli den gesamten Betrag unter den Nagel reissen können.
Dr. Knecht erfüllte meinen Wunsch.
Alfonso Paroli erhob sich, schenkte die Gläser voll. Wir anderen erhoben uns ebenfalls, prosteten einander zu und machten frohe Visagen.

Und nochmals schenkte Alfonso Paroli nach, wieder tranken wir leer.
Dr. Knecht verschluckte sich, hustete erbärmlich, rang nach Luft. Das war für mich der willkommene Augenblick, um Alfonso Paroli zuzublinzeln und Ruth mit der Hand den Nacken zu streicheln.
Sie wandte sich mir zu, eine scharfe Abreibung war das mindeste, was ich erwartete. Nicht aber ein Lächeln. Ruth strahlte wie ein Maikäfer im Kastanienbaum. Ich hatte ihre Zuneigung zurückerobert.
Das hätte John Rifle miterleben sollen!
Ich war ein Lucky Dog, wie es ihn nur selten gibt.
Doch es sollte für mich noch schöner kommen.
Beim Aufbruch sagte Ruth zu Dr. Knecht: „Und wie ist es mit der Schauspielerin, die abgesagt hat? Wir müssen bis morgen einen Ersatz finden."
Jetzt fielen bei mir alle Neune.
Dr. Knecht, der Gestählte und Gestylte, bemühte sich ziemlich vergebens, Haltung zu bewahren.
„Wieso haben wir denn noch keinen Ersatz?" herrschte er Ruth an.
„Ich habe in der kurzen Zeit niemanden finden können", presste sie hervor.
„Und wie soll das nun über Nacht möglich sein, wie?"
Ruth liess Schultern und Arme hängen.
Genug des grausamen Spiels, sagte ich mir, von Kopf bis Fuss ein Robin Hood. Es war der Moment, wo mich die Vorsehung mit ihrem Atem streifte.
„Wenn Sie gestatten", sagte ich zu Dr. Knecht, „vielleicht kann ich helfen, das Problem zu lösen."

„Und wie?“
„Ich kenne das Script zu Ihrem Werbespot nicht, aber wäre unter den gegebenen Umständen nicht zu überlegen, ob eine Laiendarstellerin eingesetzt werden könnte?“
„Und woher soll ich die nehmen, etwa von der Strasse?“
„Das nicht. Ich hatte das Vergnügen, bei Herrn Paroli eine Dame kennenzulernen, die meiner Meinung nach die Fähigkeiten besitzt, vor einer Kamera zu agieren. Und äusserlich, wenn ich das einmal so behaupten darf, würde sie jede Erwartung erfüllen.“
„Und diese Dame hätte Zeit?“
„Bestimmt. Die Bar ist geschlossen, so haben die Angestellten frei. Sie können ja Probeaufnahmen machen, soviel Zeit bleibt wohl noch.“
Alfonso Paroli verriet mit keiner Miene, ob ihm der Vorschlag gefiel oder nicht. Sein Gesicht war eine undurchdringliche Maske. Ich musste ihn aus dem Busch klopfen, nachdem Dr. Knechts Bedenken weitgehend ausgeräumt waren.
„Was meinen Sie dazu, Herr Paroli?“ sprach ich ihn an. „Das wäre doch ein Knüller, ein absoluter Hit, wenn Ihre Gäste - ich unterdrückte absichtlich das verfängliche Wort ‘Kunden’ - die Dame wiedererkennen würden. Noch mehr Gratiswerbung für Sie!“
„In der Freizeit kann jede Angestellte machen, was sie will“, antwortete Alfonso Paroli im Stil eines Kurienkardinals.

Leider hatte ich die Rechnung ohne diesen strammen Dr. Knecht gemacht und mit allzu offenen Karten gespielt.
„Nein, kommt nicht in Frage. Das könnte ins Auge gehen. Die Dame würde nicht mit dem Produkt, für das wir werben, identifiziert, sondern mit ihrem Beruf. Unvorstellbar. Statt Promotion wäre das ein Imageverlust für unseren Kunden."
Ich hatte mich selbst in die Nesseln gesetzt. Wenn ich nicht schnell hochkam, war Sonnenfinsternis. Noch einmal vertraute ich dem Alfonso Paroli; er allein konnte mich aus dem Schlamassel ziehen. Ich müsste ihn nur geschickt manipulieren.
„Herr Paroli", sagte ich im Tonfall eines perfiden Anwalts, „was für eine Arbeit verrichtet Maria bei Ihnen?"
Er war ein zu schlauer Fuchs, um die wahre Tätigkeit Marias zu nennen. Darauf hatte ich spekuliert.
„Sie gehört zum Bedienungspersonal, arbeitet aber nicht regelmässig, um Zeit für ihr Studium zu haben."
Soviel Chuzpe hatte ich ihm denn doch nicht zugetraut. Seine Antwort war einfach begnadet, besser hätte es kein Politiker formulieren können. Zu zwei Dritteln gelogen und zu einem Drittel die Wahrheit.
Mir blieb die Spucke weg.
Ruth blickte wie eine schwangere Nonne in die Runde. Dass ich in dieser Spelunke eine Frau kannte, dazu noch mit Vornamen, war eine bittere Pille.
Sie musste sie schlucken.

„Warum fragen wir nicht beim Theater, ob jemand die Rolle übernehmen könnte?“ fiepte sie.
Was mich auf die Bretter hätte schicken sollen, erwies sich als Rohrkrepierer.
„Keine schlechte Idee, nur hätte man früher daran denken müssen. Meines Wissens sind die Schauspieler und Schauspielerinnen an vertragliche Abmachungen in bezug auf Nebeneinkünfte gebunden“, erwiderte ich und setzte sie matt.
„Das ist allerdings richtig“, fügte Dr. Knecht hinzu, sichtlich am Ende seiner Widerstandskraft. Sofort stiess ich nach.
„Für einen Werbespot wäre ausserdem ein unverbrauchtes Gesicht vielleicht besser.“
Nun stand ich wieder sicher auf den Beinen.
„Versuchen wir es“, sagte Dr. Knecht kleinmütig, blähte sich mit einem Ruck sofort wieder auf und sprach mit voller Wucht seines Selbstbewusstseins, als wäre ich sein Untergebener: „Schaffen Sie bis morgen die Dame herbei.“
Der Ball lag nun endgültig bei mir, ich hätte mehr als zufrieden sein können. Doch ich kannte weder Marias Telefonnummer noch ihre Adresse. Und Alfonso Paroli, der Spitzbube, könnte mich austricksen, indem er mir die Angaben verweigerte. Er musste jetzt und vor allen Anwesenden an die Kandare genommen werden.
„Wenn Herr Paroli so freundlich wäre, mir die Adresse der Dame bekanntzugeben.“
Paroli verzog sich ins Büro, kam hochmütig mit einem Zettel zurück.

„Zu welcher Zeit soll sie sich morgen einfinden?“ fragte ich abschliessend.
„Punkt acht fangen wir an“, sagte Ruth wie ein Schulmädchen.
Damit hatte die Schlittenfahrt ein Ende.
Es gab nur einen Sieger, und der war ich. Alle hatte ich ausgestochen, niemand vermochte mir noch ein Bein zu stellen.
Die Eigernordwand mit der gefürchteten Spinne war durchstiegen, im Alleingang. Bald stünde ich ganz oben im gleissenden Licht.
Das Angebot von Dr. Knecht, mich in seinem Jaguar mitzunehmen, lehnte ich dankend ab.
Er entschwand zusammen mit Ruth.
Leichtfüssig wie noch nie strebte ich meiner Behausung zu.
Bereits an der nächsten Ecke klopfte mir John Rifle auf die Schulter, liess es sich nicht nehmen, mir zu gratulieren.
Ein tolles Gesellenstück, lobte er, aus dir wird noch was!
Armani demonstrierte sein bittersüsses Lächeln und nickte mir halbherzig zu. Mit Mühe rang sich Lagerfeld ein ‘Hast ganz schön was drauf’ ab.
Nicht mehr lange, und ich würde in diesen durchlauchten Kreis von Upper-class-Spiessern aufgenommen. Und die Frauen der High-Society umschwärmten mich wie die berühmten Motten das Licht.

In der Tat, es war eine weite Reise gewesen von jener makabren Bahnhofszene bis zum glanzvollen Höhepunkt heute. Im Zeitraffer hatte ich nachgeholt, was ich vorher versäumt hatte.
Ich pries meinen Wagemut und meine Klugheit.
Doch es blieb keine Zeit, um auf den Lorbeeren auszuruhen.
Die letzten Meter bis zum Gipfel waren noch zurückzulegen, und das war weiss Gott kein Spaziergang.
Maria war jetzt meine Stute, auf der alle meine Hoffnungen ruhten. Ich musste sie aus dem Stall locken, für das Stechen heiss machen.
Die entscheidende Frage war, ob ich sie anrufen oder gleich zu ihr hingehen sollte. Ich stand wie Herakles am Scheideweg.
Durch das Telefon brächte ich sie wohl nicht auf Kurs. Kaum hätte ich ihr den Parcours geschildert, würde sie auflegen. Zuviele Jockeys empfahlen sich mit diesem Trick.
Und wenn ich mit dem Hafer zu ihr hinpilgerte? Falls ich Pech hatte, bürstete ihr gerade ein Familienvater das Fell.
Eine vertrackte Situation.
Nach zähem Ringen mit mir selbst griff ich zum Telefon.
Lange musste ich läuten lassen, schon wollte ich aufgeben, als sich eine verschlafene Stimme meldete: „Ja?“
Noch bevor sie einen faulen Zauber vermutete, musste ich ihr mit einem Zucker das Maul stopfen.

„Frau Perez“, sagte ich mit sanfter Singstimme, „ich muss Ihnen etwas sehr Wichtiges im Namen von Herrn Paroli mitteilen. Dürfte ich kurz bei Ihnen hereinschauen? Es eilt. Sie erinnern sich bestimmt noch an mich, ich war vor einigen Tagen mit einem Kollegen in der Derby Bar zu einer Besprechung. Bitte gestatten Sie mir, vorbeizukommen. Es geht um Ihre Zukunft.“

„Jetzt nicht“, sagte Maria, legte auf.

Wie ein Idiot glotzte ich vor mich hin.

Einmal mehr dieses elektronische Rauschen, das meinen Absturz begleitete.

Finale und Exitus.

Ausgezählt und benommen hing ich in den Seilen.

Es dauerte, bis sich meine Lebensgeister wieder regten.

Sogleich warf ich mich in Pose und sagte mir: Nur wer sich selber aufgibt, ist erledigt.

Entschlossen, alles zu wagen, machte ich mich auf den Weg. Zu Fuss. Ich wollte ihr Zeit lassen, um richtig wach zu werden oder ihren Freier abzufertigen.

Maria wohnte am anderen Ende der Stadt, nicht gerade in einem empfehlenswerten Viertel. Das Haus machte einen verlotterten Eindruck, wirkte mit der verrussten Fassade doppelt abweisend.

Noch schien es mir zu früh, um zu klingeln.

An der Strassenecke entdeckte ich eine Kneipe. Dass sie ausgerechnet ‘Zum alten Bahnhof’ hiess, nahm ich als gutes Omen. Ich beschloss, meine lahmen Hirnströme mit einem starken Kaffee anzutörnen.

Als ich eintrat, drehten sich wie in einem billigen Revuefilm die Köpfe der Zuhälter, Zocker und Säufer nach mir um. Stur schritt ich auf einen freien Tisch zu. Ich musste eine Weile warten, bis die zur Anita Ekberg aufgedonnerte Serviererin mich überhaupt beachtete. Dann verstrichen nochmals lange Minuten. Mit wogendem Busen fragte sie, was ich wünsche.

Der Kaffee war hundsmiserabel, schmeckte bitter und strömte den undefinierbaren Geruch von Abwaschwasser aus.

Die zwielichtigen Gestalten hatten sich unterdessen beruhigt, widmeten sich wieder ihren Gläsern und Geschäften.

Erst beim Verlassen der Kneipe durchlöcherten sie mich noch einmal mit ihren Blicken. Immerhin hatte ich mich jetzt auf das Milieu eingestimmt.

Die Klingelschilder waren kaum noch lesbar. Etwa zehn Namen musste ich entziffern, bis ich annehmen durfte, dasjenige von Maria Perez herausgefunden zu haben.

Ich drückte dreimal kurz den Klingelknopf.

Dreimal, das war so etwas wie eine magische Zahl. Bei Besuchen galt dies meist als Zeichen, dass jemand Bekannter Einlass begehrte. Auf diese Erkenntnis, die mir einmal von einem Vertreter anvertraut worden war, baute ich meine Hoffnung. Und siehe da, die List wirkte.

Die Tür zur Schatzkammer öffnete sich.

Diese sah so schäbig aus wie die Fassade.

Im Treppenhaus eine uralte Tapete, verfleckt und stellenweise schimmlig. Gerüche aus aller Herren Ländern strichen um meine Nase.
Vier Stockwerke musste ich hoch.
Ich vermied jede Hast, um nicht keuchend wie ein geiler Bock oben anzukommen.
Eine ausgemergelte Katze huschte an mir vorbei. Es war keine schwarze, wie ich erleichtert feststellte.
Der vierte Stock.
Tür links oder rechts?
Ich war Linkshänder und fest davon überzeugt, dass mir auf dieser Seite das Glück winkte.
Ich klopfte und flüsterte 'Sesam, öffne dich!'
Und die Tür öffnete sich einen Spalt, Maria stand vor mir. Schnell schob ich eine Schuhspitze über die Schwelle.
Maria war auch ungeschminkt schön wie Aphrodite.
In ihrer Überraschung sagte sie den drehbuchreifen Satz: „Sie sind es!"
„Ja", antwortete ich, als stünden wir zusammen vor dem Traualtar.
„Kommen Sie herein."
Das war schon das Eintrittsgeld.
Maria hatte einen Morgenrock um ihren göttlichen Körper gelegt.
Ich war froh, dass sie mir verhüllt begegnete, meine Sinne wären sonst mit mir durchgebrannt.
Sie bot mir einen Sessel an; ich liess mich nicht zweimal bitten, allein schon um so meine Absicht, lediglich als Vermittler ohne Hintergedanken aufzutreten, zu unterstreichen.

Maria setzte sich mir gegenüber, schlug die Beine übereinander und zündete sich eine Zigarette an. Liza Minelli - sie war es doch, genau in dieser Pose. Maria hätte nur in einem schwarzen Kleid auf einem Barhocker sitzen müssen.
Ich leierte herunter, was ich ihr zu sagen hatte.
Maria lachte, dass mir vom rauhen Klang die Ohren sausten. In ihrem erotischen Timbre erwiderte sie: „Und das soll ich Ihnen glauben?"
Ich flüchtete mich auf die rein rationale Ebene.
„Sie können jederzeit Herrn Paroli anrufen, er war bei den Verhandlungen dabei."
„Und wenn das alles stimmt, was Sie mir erzählt haben, woher sind Sie sicher, dass ich das kann?"
„Ich bin überzeugt. Sie haben Talent, das spüre und sehe ich. Allein wie Sie dasitzen, da wäre sogar Liza Minelli vor Neid erblasst. Sie haben eine unheimlich starke Ausstrahlung."
„Sie sind ein Schmeichler, diese Sorte kenne ich."
„Warum sollte ich Ihnen etwas vormachen? Ich bin ein ehrlicher Makler. Versuchen Sie es, die Sache könnte Ihrem Leben eine Wende geben. Vielleicht engagiert man Sie wieder. Verlieren können Sie nichts."
Sie zog heftig an ihrer Zigarette und blies den Rauch gegen die Zimmerdecke.
„Ich muss mir das noch überlegen."
Nun trat ich voll in die Pedale.
„Leider bleibt keine Zeit dazu. Ich müsste sonst jemand anderen finden. Glauben Sie mir: Es ist die

Chance Ihres Lebens. Bitte, enttäuschen Sie mich nicht.“
„Dann eben. Ich vertraue Ihnen.“
„Das können Sie. Ich hole Sie morgen um halb acht hier ab.“
Ich erhob mich rasch, damit ja kein Zweifel an meiner Aufrichtigkeit aufkommen konnte.
Maria schlug sich mit der Hand an die Stirn.
„Ich habe ganz vergessen, Ihnen etwas anzubieten!“
Was für ein herrlicher Doppelsinn lag in diesem Satz verborgen!
Es brauchte einiges an Überwindung, um nicht doch noch schwach zu werden.
„Macht nichts, das können wir immer noch nachholen. Ich danke Ihnen für die Zusage“, stotterte ich.
Auf dem Treppenabsatz drehte ich mich um und erlaubte mir, ihr meine Empfindung für sie zu offenbaren.
„Sie sind grossartig“, sagte ich.

Der Mist war gefahren.
Ein Wahnsinnsding.
Fünf Tausender in der Tasche und eine schöne Frau an der Leine.
Was wollte ich noch mehr?
Dort, wo die Verruchtheit des Viertels verblasste, eine weiträumige Strassenkreuzung es von den sogenannten ehrbaren Bürgern trennte, stand ein Taxi.
Ich leistete mir den Luxus, stieg ein.
Ich war total erschöpft, ein schlaffer Sack.

Diese Verhandlungen hatten mich ausgelaugt und mir die Kraft eines ganzen Jahres gestohlen. Das würde ich, wenn alles vorüber war, mit einem um so flotteren Leben wieder wettmachen.
Zu Hause warf ich mich aufs Bett, wild entschlossen, bis zum Morgen durchzupennen. Für das grosse Finale in der Bar musste ich fit sein wie Einstein und Schwarzenegger zusammen.
Um mir den Schlaf nicht vergällen zu lassen, zog ich den Telefonstecker aus der Buchse. Mich brauchte niemand mehr zu erreichen: weder Ruth, die mir doch bloss ihr Leid geklagt hätte, noch der aufgeblasene Frosch Knecht, und schon gar nicht John Rifle mit seinem Anhang.
Gegen Mitternacht wachte ich auf, gepeinigt von einem unbändigen Hunger. Von ferne erinnerte ich mich an das Steak, das ich für ein Liebesmahl mit Ruth gekauft hatte. Ich holte es aus der Verbannung im Kühlschrank, hantierte abwesend am Herd.
Im Einklang mit mir und der Welt sass ich eine Viertelstunde später am Tisch, kaute auf den zähen Bissen herum. Ich dachte an Maria, was zwar nichts mit dem ledernen Fleisch zu tun hatte, sondern mit der Besorgnis, sie könnte doch einen Flop produzieren. Sie musste nicht nur gut sein, sondern umwerfend. Dann hätte ich ihr Herz ganz für mich. Ich wäre für immer ihr Entdecker, der grosse Kolumbus.
Und es keimte in mir eine geniale Idee, so genial, dass sie mich beinahe vom Stuhl riss.
Mensch, das ist es - heureka! rief ich aus.

Wenn Maria einen Auftritt hinfetzte, der sich gewaschen hatte, furios bis in die Zehenspitzen, dass dem Knechtlein und Ruth die Augen aus dem Kopf fielen, und wenn der Spot dann noch den letzten Deppen scharf machte - ich wäre forever saniert. Maria, mein Golden Girl, zwischen Paris, Rom und New York unterwegs - für mich! Und immer mehr Models würden in meinem Namen über die Laufstege stelzen.
Ich lieferte auch Lagerfeld das Fleisch, damit er seine Lumpen vorführen konnte. Er wäre mir untertänigst verpflichtet, nie mehr liesse er vor mir einen Rülpser fahren. Ebenso tanzte Armani nach meiner Pfeife, klopfte klein und hässlich an meine Tür. Und John Rifle, der alternde Cowboy, könnte mein Assistent werden.
Mit dieser Aussicht, schöner als tausend Ansichtskarten von der Blauen Grotte, legte ich mich nach dem Verzehr des Steaks wieder hin.
Der Wecker schrillte mich nach erholsamem Schlaf in die faktische Gegenwart.
Es war für mich der alles entscheidende Tag. So wichtig wie der Independence Day für Amerika. Entweder schmetterten am Abend die Fanfaren, oder ein Trauermarsch begleitete meinen Abgang.

Pünktlich um halb acht fuhr ich mit dem Taxi bei Maria vor. Sie stand schon im Flur und strahlte. Gott, ist die herrlich, dachte ich bei ihrem Anblick; daneben würden Claudia Schiffer und Naomi Campbell glatt zu Schatten. Sie war dezent gekleidet, liess

aber ihre berückende Figur und die Wölbungen ahnen. Keusch wie eine Kore des Praxiteles und doch erotisch wie Canovas Venus.
Vor der Derby Bar sprang ich aus dem Taxi, öffnete die hintere Tür und half ihr galant beim Aussteigen. Sie sollte sich wie eine Queen fühlen.
Drinnen war schon der Teufel los. Männer in Overalls wuchteten die Tische und Stühle beiseite, stemmten den Tresen aus der Verankerung und schoben ihn auf Anweisung eines gebeugten Bühnenmeisters in eine Ecke. Andere beschäftigten sich mit der Beleuchtung, und der Kameramann probte Einstellungen.
In dem Gewimmel musste ich Ruth erst suchen; sie stand abseits zusammen mit Dr. Knecht in der Nische, wo ich mit Hans im Unglück gesessen hatte.
Ich stellte ihnen Maria vor. Erst Ruth, dann dem schrägen Playboy Dr. Knecht. Das war ein tiefenpsychologischer Schnappschuss.
Ruth zuckte zusammen, als sie mit schmalen Augen Maria begutachtete; ihre Gesichtszüge drohten zu entgleisen. Dr. Knecht nahm kaum Notiz von ihr, entfernte sich ein paar Schritte, drehte sich unvermittelt um und sagte: „Was für eine hübsche Überraschung."
Mir war nicht wohl bei dem Gedanken, dass sich Ruth an die Wand gedrückt und als Frau ausgedribbelt wähnte. Das könnte Schwierigkeiten geben, Ruth würde ihren verletzten Stolz an Maria rächen, an ihr keinen guten Faden lassen. Meine vordringliche Aufgabe war es also, Ruth wieder für mich ein-

zunehmen und ihr das Gefühl zu vermitteln, sie sei bei mir nach wie vor die Nummer eins.
Ich drängte mich an sie heran, flüsterte ihr zu, dass ich mich aufrichtig freue, sie wieder zu sehen, ich hätte sie sehr vermisst. Dabei glitt meine Hand liebesdurstig über ihre Hüfte. Sie schüttelte abweisend den Kopf, schenkte mir aber ein leises Lächeln.
Der Werbebarde Dr. Knecht erklärte allen, worum es ging.
„Meine Damen und Herren", faselte er, „wir verwandeln die Bar in eine Tanzdiele, Stil und Dekor beginnendes zwanzigstes Jahrhundert. Eine etwas heruntergekommene Klitsche, Treffpunkt für Damen und Herren um die Fünfzig. Es soll ein Ort sein, wo die Träume von einem anderen, verpassten Leben nochmals aufleuchten. Im Mittelpunkt steht eine Serviererin, jünger als die Gäste. Sie wird von einem Knacker, im Outfit eines abgetakelten Lebemannes, zum Tanz aufgefordert. Die beiden tanzen unter den begehrlichen Blicken der anderen. Zwei Mann spielen einen Tango, währenddessen Frau Perez und ihr Partner engumschlungen über das Parkett gleiten. Das alles dauert nicht viel länger als dreissig Sekunden, ist aber der Kern des Spots ..."
Dr. Knecht stockte plötzlich, wurde aschfahl.
Du meine Güte, dachte ich, der wird doch nicht die Schraube drehen, dann ist der Ofen aus.
Ich erstarrte, spürte Eiszeit in meinen Adern.
Es stellte sich aber rasch heraus, dass der Art Director nicht in der Intensivstation eines Krankenhauses aufgepäppelt werden musste. Er rang schlicht um

Fassung. Bleich wie eine Totenmaske wandte er sich an Maria, fragte leise, ob sie überhaupt tanzen könne, vor allem Tango.
Maria lachte und nickte.
Erlöst atmete ich aus, es zischte, als würde eine Luftmatratze aufgeschlitzt.
Haarscharf waren wir wieder einmal an einer gefährlichen Klippe vorbeigeschrammt. Fast hätte mich der Tango zu Boden geschlenzt.
Auch der Art Director Dr. Knecht hatte sich wieder im Griff, quatschte weiter: „Und während die zwei tanzen, wollte ich noch sagen, zeigt die Partnerin freizügig ihre Strümpfe bis zu den Straps, weil es sich, wie Sie wissen sollten, meine Damen und Herren, um einen Spot für Seidenstrümpfe handelt. An der Bar im Hintergrund lümmeln zwei Männer, warten sehnsüchtig, bis der Tango zu Ende ist, und locken dann die Frau zu sich. Beim Besteigen des Barhockers mid shot auf Bein und Strumpf. Einer dieser beiden Gigolos sagt anzüglich zu seinem Kollegen ... Frau Schneider, sehen Sie doch mal im Script nach, was genau der zu sagen hat."
Ruth wühlte in ihren Papieren, einige Blätter fielen zu Boden.
„Herrgott, wie lange dauert das noch!" schrie Dr. Knecht.
„Ich hab's gleich", winselte sie und raffte die Blätter kniend zusammen.
„Was ist denn das für ein Saustall!" liess sich der Werbejogi wieder vernehmen.

Ruth richtete sich auf, verkündete endlich: „Solche Beine gibt‘s nur einmal.“

„Also noch einmal“, sagte Dr. Knecht: „Beim Besteigen des Barhockers mid shot auf Bein und Strumpf. Dann close shot und Schwenk. Einer dieser beiden Typen, und zwar der rechts von Frau Perez, sagt anzüglich zu seinem Kollegen: ‘Solche Beine gibt‘s nur einmal.’ Darauf antwortet der andere: ‘Ja, aber erst diese Strümpfe machen Beine.’ Klappe. Aus.

An dieser Stelle erscheint nach dem definitiven Schnitt das Logo.

Noch etwas: Die beiden Sätze müssen locker, wie zufällig, aber eindringlich gesprochen werden. Klar? Und der Blick ist beidemal auf die Strümpfe von Frau Perez gerichtet. Das muss echt begehrlich aussehen, so richtig voyeurhaft, damit den Zuschauern das Wasser im Mund zusammenläuft, ihnen der Hintersinn des Slogans aufgeht. Nur so erreichen wir das Zielpublikum, einerseits die halbmondänen Schicki-micki-Frauen und Party-Hyänen, andererseits die Männer, die auf sowas abfahren. Kurz: Erlebnishungrige.

Die Werbebotschaft heisst: Bei den Strümpfen beginnt das Abenteuer. Ich möchte eine volle Identity mit dieser Aussage. Wir bohren in das Bewusstsein der Leute.

Gut. Dann an die Arbeit, meine Damen und Herren, wir haben nur bis morgen abend Zeit.“

Ruth trat vor, sagte schneidend: „Frau Perez bitte nach hinten ins Büro, Sie werden dort eingekleidet.“

Ich drehte mich wie ein geübter Eintänzer zu Ruth, lockte kreideweich: „Und was ist mit heute abend?“
„Weiss nicht“, zischte sie. „Erst müssen wir hier vorankommen.“
Mir kam ihre Antwort gelegen, nicht aber ihre Laune. Die war ätzend, ich befürchtete, sie würde ihre Säure über Maria ausgiessen.
„Verstehe“, sagte ich und verleugnete meinen Stolz, indem ich weiterbalzte: „Aber gib mir wenigstens ein Bonbon, Liebling.“
„Nicht jetzt ...“
Sie fixierte mich, und ich sah, dass ihre Augen glänzten.
Ich hatte erreicht, was ich wollte. Ruth konnte glauben, dass Maria keine Konkurrentin war, sie musste also nicht ausgeschaltet werden.
O Maria, love me tender, sang es durch meinen Kopf.
Und wenn es denn sein muss, machen wir einen flotten Dreier.
Die Männer in den Overalls schufteten wie Minenarbeiter, hängten Panneaux mit Urwaldbildern à la Henri Rousseau an die Wände. Stechendes Grün mit Vergissmeinnichtblau.
Ein Kleintransporter brachte andere Stühle und Tische, Wiener Kaffeehaus. Und dann tauchte mitten in diesem Tohuwabohu Maria auf, eine strahlende Dschungelgöttin aus dem Opernhaus von Manaus. Das Kleid geschlitzt bis zu den Hüften, die Beine mit Netzstrümpfen geschwärzt - und wie lang sie waren, diese traumhaft schönen Beine! Ein tiefes

Décolleté, dessen Spitze verheissungsvoll zum Nabel zeigte, verriet zwei Früchte, reif zum Pflücken. Ich schlürfte ihre Erscheinung wie Nektar ein, ihre Gestalt war eine Offenbarung. Wenn ich sie nur einmal hätte berühren dürfen, diese Orchidee der Nacht, die Inkarnation der keuschen Verderbtheit.
Wie wundervoll ist doch die Sünde!
Inzwischen waren auch die Musiker eingetroffen, ein Bandoneonspieler und ein Bassist.
Sie nahmen vor der Wand mit den farbigen Flaschen Platz.
Art Director Knecht rieb sich die Hände, gab Ruth ein paar Anweisungen und verabschiedete sich.
Prima, dass diese Eichel weg war.
Seinen Job könnte ich allemal übernehmen.
Nachdem alles soweit eingerichtet und arrangiert war, verkündete Ruth eine Mittagspause. Ausser den Arbeitern gingen wir alle in ein nahe gelegenes Restaurant.
Ich fragte mich, warum sich Maria schon hatte umziehen müssen. Mir sollte es recht sein. Meine Augen kamen so zu scharfen Bildern.
Beim Überqueren der Strasse schlich ich mich unauffällig an Maria heran.
„Du siehst himmlisch aus", gestand ich ihr.
Sie gab mir mein Kompliment auf einer goldenen Schale zurück.
„Und du bist mein guter Stern."
Unter mir zitterte der Boden, ich hatte den Eindruck, bis zur Spitze des Popocatépetls emporgehoben zu werden. Dort sangen die Götter.

Es war keine Sitzordnung vorgesehen. Der Kellner wies uns an einen langen, von Ruth reservierten Tisch. So ergab sich für mich ein schwieriges Problem. Ich wollte neben Maria sitzen, durfte aber Ruth nicht vor den Kopf stossen. Sie war im Augenblick der Boss.
Wie schaffte ich bloss das Kunststück, Marias warmen Leib zu spüren und Ruth nicht zu kränken?
Die Quadratur des Kreises.
Einmal mehr konnte ich die geheimnisvolle Kraft des Zufalls für mich wirken lassen. Oder John Rifle war der Arrangeur im Hintergrund.
Ruth entschuldigte sich, bevor wir Platz genommen hatten. Sie stöckelte zu den Toiletten, wollte wohl ihr Gesicht freundlicher bemalen. Ich ergriff die Chance, bot den Stuhl zu meiner Rechten Maria an und hielt den zu meiner Linken für Ruth frei. Selbstverständlich war mir bewusst, dass es umgekehrt hätte sein sollen: Ruth als Chefin rechts von mir. Aber Maria sollte meine auserwählte Tischdame sein. Diesen absichtlichen Faux-Pas bügelte ich beim Erscheinen Ruths aus, indem ich nebenbei bemerkte, dass ich nur noch diesen Stuhl für sie freihalten konnte.
Sie schluckte die Ausrede, ihr aufgefrischtes Gesicht leuchtete wie ein Lampion am Abend.
Peinlich genau achtete ich darauf, dass ich mich gleichermassen sowohl mit Ruth als auch mit Maria unterhielt. Zugute kam mir bei der labilen Seelenlage Ruths, dass ich mit ihr auf Du war, nicht aber mit Maria, zumindest nicht öffentlich. Überdies war

ich bemüht, jegliche Anrede wenn immer möglich zu vermeiden. Verstohlen lehnte ich mich an Marias Schulter, genoss diesen Körperkontakt, der mich in den Vorhof wilder Vorfreuden entführte. Mein rechtes Bein schmiegte sich mit Inbrunst an das von Maria, und ich täuschte mich kaum, als ich zu verspüren meinte, dass sie meinen begehrlichen Druck erwiderte.

Meine Wollust sprengte beinahe jetzt schon sämtliche Grenzen.

Auf diese Weise brachte ich den Lunch im Hinblick auf Ruth durchaus anständig und ehrenhaft über die Bühne, und was Maria betraf, so durfte ich annehmen, dass sie meine Signale verstanden hatte.

Wir waren noch nicht lange zurück in der Derby Bar, als Ruth die Retourkutsche anstiess. Sie musste doch etwas bemerkt haben.

„Willst du noch weiter dabei sein?" fragte sie spitz.

„Gerne", entgegnete ich, „so kann ich in deiner Nähe bleiben."

Auf diese pfäffische Replik war Ruth nicht gefasst, sie schwieg.

Eine erste Probe war angesagt.

Maria hatte ihren Auftritt.

Schon nach den ersten Schritten zu den schmachtenden Klängen des Bandoneons gab es keinen Zweifel mehr: Maria war die Diva.

Sie legte einen Tango hin, dass meine Sinne wie scheugewordene Pferde durchbrannten. Sie bog ihren Körper in einer formvollendeten Kurve nach hinten, ihre Brüste quollen aus dem Décolleté, als

wollten sie sich selbständig machen. Sie zog ein Bein an und enthüllte Wade und Schenkel; dann drängte sie sich an ihren atemlosen Partner, hielt jäh inne, wurde zu einer lebenden Skulptur, löste sich aus der Erstarrung, drehte sich und liess den Po wackeln; ihre Haare flogen und züngelten, verhüllten kurz das glühende Gesicht.
Ein Naturtalent, direkt dem Kamasutra entstiegen.
Da war eine solche Hingabe, dass mich schauderte.
Mir wurde allmählich taumelig, und ich spürte, wie das Blut aus meinem Kopf wich, hinunterschoss in meine Lenden und zwischen die Schenkel, dass mein Schwengel anschwoll.
Ich spendete spontan Applaus, klatschte unbesonnen.
„Lass das", wies mich Ruth scharfzüngig zurecht.
Der Art Director erschien wieder, verlangte alles da capo.
Und nochmals und nochmals. Ich konnte mich an dem Schauspiel nicht sattsehen.
Dr. Knecht war weniger zufrieden. Er kritisierte die zwei Schauspieler, die den Slogan sprechen mussten.
„Doch nicht so!" rief er ihnen verärgert zu. „Wievielmal muss ich das noch sagen.
Sie betonen falsch. So schmeissen Sie den ganzen Spot! Beim ersten Satz 'Solche Beine gibt's nur einmal' gehört das 'Solche' betont, während Sie - er deutete auf den anderen Schauspieler - die beiden Wörter 'diese Strümpfe' hervorheben. Wie Sie das machen, ist Ihre Sache."

Es war Abend, als Dr. Knecht abwinkte. „OK, das wär's für heute."
Für Maria hielt er noch eine kleine Huldigung bereit. „Sie waren alle ausgezeichnet, ein besonderes Lob aber für Frau Perez."
Er wechselte ein paar Worte mit Ruth.
Ich verdrückte mich ins Freie, um nicht dusselig herumzustehen.
Und wieder das Problem, wie ich Ruth abschütteln und mich Maria an den Hals werfen könnte, ohne die eine zutiefst zu beleidigen und die andere auf offener Strasse mit meinem Ungestüm in Verlegenheit zu bringen.
Ein aufreibender Hochseilakt, der höchste Konzentration abverlangte.
Besonders Marias Gunst durfte ich nicht verspielen.
Ruth erschien als erste, leider nicht gleichzeitig mit Dr. Knecht. Mit einem simplen und klärenden 'Auf Wiedersehen' konnte ich mich nicht aus der Affäre ziehen. Eingedenk John Rifles, dieses wetterfesten Streithahns, würfelte ich verwegen auf eine Sechs.
„Und, wie steht's jetzt?" machte ich Ruth an.
Sie merkte den etwas daneben geratenen Ton nicht.
„Geht leider nicht, wir müssen die Sache nochmal durchdiskutieren und uns das Videotape in Bezug auf die Visualisierung ansehen."
„Schade, wirklich", sagte ich und setzte meine beste Trauermiene auf.
Sie zuckte mit den Schultern.
Als ob das Timing abgesprochen wäre, federte Dr. Knecht aus der Bar. Huldvoll hob er die Hand.

Damit war meine Situation geklärt. Beide hatten mir einen taktvollen Abgang ermöglicht.
Ruth folgte Dr. Knecht wie ein Hündchen in den Jaguar.
Die Nacht ist freigeräumt, jubilierte ich.
Mit glühender Leidenschaft wartete ich auf Maria.
Sie liess nicht lange auf sich warten.
„Du warst zauberhaft, göttlich - mir fehlen die Worte, Maria“, begrüsste ich sie und umarmte ihren weichen Körper.
Ihr Mund öffnete sich, ihre Zunge liebkoste meine Lippen.
Ich brannte lichterloh, lechzte nach mehr.
„Darf ich dich zur Feier des Tages zum Essen einladen?“ fragte ich, nachdem wir uns voneinander gelöst hatten.
„Glaub mir“, erwiderte sie mit verhaltener Liebesbrunst, „ich bin todmüde und morgen geht‘s schon um acht weiter. Du wärst mit mir nicht zufrieden.“
Ich mimte den abgewiesenen Freier.
Sie legte ihren Kopf auf meine Schulter, hauchte die alles Glück auf Erden beschwörenden Worte: „Aber du kommst noch auf deine Rechnung, mein Fitzcarraldo.“ Mit einem weiteren Kuss aus dem Füllhorn ihrer Verführungskünste verabschiedete sie sich.
Nun konnte mir niemand mehr die Suppe versalzen.
Als Paris hatte ich ihr den Apfel überreicht. Sie war die schönste Frau. Meine Lippen waren noch feucht von Marias Erdbeermund. Ich gestand ihr, dass ich für immer und ewig ihr Fitzcarraldo sein wolle. Und ich fühlte mich wie nach einem Beischlaf: Gelöst

und eins mit mir und der Welt. Du bist mein Engel und meine Hetäre, sang ich in mich hinein.
Vor meiner Wohnung standen John Rifle, Armani und Lagerfeld. Im Chor posaunten sie mir entgegen: Wir wussten gar nicht, dass du Klaus Kinski bist, Marias Fitzcarraldo.
Bevor ich mir klar werden konnte, ob das anerkennend oder abschätzig gemeint war, nahmen sie unmissverständlich eine drohende Haltung ein, gaben damit zu verstehen, dass sie nicht länger gewillt waren, meine Begleiter zu sein, mir mit Ratschlägen und Kommentaren zur Seite zu stehen.
So jedenfalls deutete ich ihr Auftreten.
Sie blockierten die Tür, und ihr Gesichtsausdruck bestätigte meine Vermutung. Da braute sich ein Gewitter zusammen. Aber ich fühlte mich durch Marias Liebesbeweise stark genug, die drei in Schach zu halten. Ich war auf dem Weg zum Olymp, sie mussten mich wohl oder übel ziehen lassen.
Um die Situation zu entschärfen, riskierte ich eine flapsige Bemerkung.
Sie wollen doch nicht zu mir?
Eigentlich schon, wir sind es nicht gewohnt, im Treppenhaus zu stehen, sagte Lagerfeld.
Sie liessen mir eine schmale Gasse, damit ich die Tür aufschliessen konnte. Alle drei folgten mir auf den Fersen. Ohne zu fragen und ohne eine Einladung meinerseits setzten sie sich um den Tisch.
Ist das nun König Artus‘ Tafelrunde? murrte ich.
Sie blickten mich verständnislos an.

John Rifle fasste sich als erster, motzte: Was sollen diese dummen Sprüche, wir sind nicht deswegen hier.
Schnell legte ich mir eine Taktik zurecht, wie ich die drei loswerden konnte. Ich besann mich meines Verhandlungsgeschicks, beschloss, sie erst einmal über ihr Anliegen auszuhorchen.
Darf ich erfahren, was Sie hierher geführt hat, warum Sie sich diese Mühe und mir die unerwartete Ehre geben?
Wir müssen unbedingt mit Ihnen reden, sagte Armani.
Dann herrschte Schweigen, die drei sahen mich an, als wüsste ich genau Bescheid.
Und worüber? erkundigte ich mich.
Das sollte Ihnen klar sein, stellte John Rifle fest.
Ich entschloss mich, aus der Verteidigung auszubrechen.
Nein, sagte ich, es interessiert mich auch nicht.
Armani lächelte süss, John Rifle trommelte mit den Fingern auf den Tisch, während Lagerfeld sich genüsslich zurücklehnte.
Wir werden es Ihnen verraten, warum wir hier sind, sagte Armani und fuhr fort: Mit Ihrem verdammten Spiel kommen Sie uns in die Quere, und das ist schlecht für Sie. Glauben Sie im Ernst, wir hätten nicht beobachtet, was zwischen Ihnen und dieser Maria abläuft?
So hatte ich Armani noch nie erlebt. Aber es blieb keine Zeit, lange über diese Wandlung nachzudenken.

Sie ist eine schöne Frau, das meinen Sie wohl.
Weichen Sie nicht aus, warf Lagerfeld bissig ein.
Um es kurz zu machen, stritt Armani weiter, wir lassen uns nicht über den Löffel balbieren.
Nicht übers Ohr hauen, bestätigte John Rifle auf seine bärbeissige Art.
Ich verstehe noch immer nicht, wandte ich ein, um mir ein wenig Luft zu verschaffen.
Sie sind wirklich schwer von Begriff, sagte Lagerfeld. Wenn nicht alles täuscht, beabsichtigen Sie, diese Maria so von sich abhängig zu machen, dass sie als Model arbeitet. Oder noch deutlicher: Sie soll für Sie die Kohle reinbringen.
Und, entgegnete ich, was wäre Böses dabei?
John Rifle richtete sich auf, wiederholte die Worte Lagerfelds: Sie kommen uns damit in die Quere, sind Sie schwerhörig?
Es geht nicht nur um Maria, ergänzte Armani, es besteht Grund zur Annahme, dass Sie eine eigene Agentur eröffnen wollen.
Wir bestimmen, welche Miezen für uns laufen, rief John Rifle.
Lagerfeld redete Klartext: Maria ist für uns die Entdeckung des Jahres. Sie bringt alles mit, um ein Shooting Star zu werden. Eine ganz starke Persönlichkeit mit einer natürlichen Begabung, wie man sie nicht so schnell wieder antrifft. Wir lassen uns Maria nicht ausspannen. Begriffen? Im übrigen: Was soll Maria an Ihrer Seite?
Ich finde Ihre Argumente völlig lächerlich, schmetterte ich über den Tisch.

Lächerlich? Lagerfeld beugte sich vor. Es geht bei unseren Kollektionen um grosse Summen und um viel Prestige. Wir dulden nicht, dass ein anderer mitmischt. Sie wären gut beraten, wenn Sie unseren Vorschlag ernst nähmen. Lassen Sie die Finger von Maria.

Alle drei erhoben sich wie auf ein Kommando und verliessen die Wohnung.

Ich war von ihrem Auftritt betäubt, vermochte keinen klaren Gedanken zu fassen. Da glaubte ich mich am Ziel all meiner Wünsche, und schon stürzte ich wie Ikarus ab.

Nur soviel ging mir immer wieder durch den Kopf: Würde ich auf ihre Drohung eingehen, so wäre dies das Ende meiner glorreichen Zukunft.

Alles zerronnen.

Warum hatten es diese miesen Gauner nötig, einen armseligen Schlucker wie mich auf so hinterfotzige Art fertigzumachen?

Eine müssige Frage.

Hoffnungslos auch der Versuch, mich mit dem billigen Spruch ‘Keine Panik auf der Titanic’ beschwichtigen zu wollen. Ebensowenig nützte es, mir einzureden, dass sich die drei wegen Maria bald zerstreiten würden.

Von allen Seiten gurgelte und sprudelte das Wasser.

Wenigstens würde ich zusammen mit Maria untergehen.

Ich schleppte mich aufs Bett.

Um nicht durch Träume der Verzweiflung gehetzt zu werden, nahm ich Zuflucht zu Wittgenstein, meinem Seelsorger in allen Lebenslagen.

Er würde mir helfen, mich emporzuheben zum geistigen Einverständnis, dass jede Realität eine Fiktion des Individuums ist.

Zerstreut blätterte ich in der 'Philosophischen Grammatik', ohne dass sich meine Augen irgendwo festsetzten.

Ich war bereits am Einnicken, als ich an einem Satz hängenblieb: 'Aber so ist es ja wirklich; wenn wir denken, da wird nichts gedeutet.'

Mit gebührender Hochachtung berührte ich Wittgensteins Arm zum Zeichen, dass ich seine Worte zu würdigen wusste.

Ich wurde mit einem noch zutreffenderen Satz belohnt: 'Versuche nicht, in dir selbst das Erlebnis zu analysieren!'

Gestärkt von diesem Zuspruch erhob ich mich, öffnete das Fenster, um den aufdringlich süssen Parfümgeruch Armanis loszuwerden, und rief im Brustton der Überzeugung auf die Strasse hinunter: Ihr werdet noch staunen, ihr niederträchtigen Schleimscheisser! Ich lass mich von euch nicht verarschen!

Doch als ich meinem Ärger Luft gemacht hatte, schämte ich mich des Ausbruchs. Was sollte sich Wittgenstein von mir denken ...

Nein, das war nicht mein Stil. Verbale Tiefschläge unter die Gürtellinie sollte ich den drei Halunken überlassen.

Um meinen Ausrutscher wieder gutzumachen, extemporierte ich eine sachliche Verteidigungsrede.
Meine sehr verehrten Herren,
als Anwalt in eigener Sache, begabt mit untrüglichem Sinn für Gerechtigkeit und in bester Kenntnis der Gesetzesbücher fühle ich mich gezwungen, zum kürzlichen Zwischenfall, der Ihnen ohne Zweifel noch lebhaft gegenwärtig ist, Stellung zu beziehen.
Was Sie mir in überheblichem und verletzendem Ton mitgeteilt haben, ist juristisch gesehen nichts anderes als eine Erpressung, und eine unverhüllte dazu. Es besteht für mich überhaupt keine Veranlassung, meine Entscheidungsfreiheit auch nur im geringsten einzuschränken. Wenn Sie glauben sollten, mich auf diese Weise unter Druck setzen zu können, sind Sie einem groben Irrtum erlegen. Mit Ihrem Versuch, mich Ihren Vorstellungen zu beugen, haben Sie sich bereits der Vorbereitung zu einer strafbaren Handlung schuldig gemacht.
Zum Sachverhalt ist folgendes festzuhalten:
Entgegen Ihrer Ansicht habe ich Sie nie gerufen, ebensowenig habe ich je Ihre Hilfe beansprucht. Ihr Mandat - Ihr fiktives Mandat! - haben Sie sich selber erteilt.
Sie sind es, die sich in mein Leben gedrängt haben, wobei ich gerne einräume, dass mich Ihre Hinweise und Äusserungen zum laufenden Geschehen oft amüsiert und manchmal auch in meinem Handeln bestärkt haben. Doch das ist noch lange kein Grund, daraus irgendeine Art von geschäftlicher Beziehung abzuleiten. Jeder von Ihnen hat sich völlig freiwillig

in die Rolle des Kommentators und Beraters begeben.
Dass Sie mit meinem 'Spiel' - um im Bild zu bleiben - nicht oder nicht immer einverstanden waren, kann nicht mir angelastet werden. Ich werde mir weitere Schritte vorbehalten, sollte sich ein solcher Vorfall wiederholen. Bitte nehmen Sie diese meine Haltung zu Ihrem unerwünschten Besuch, der übrigens den Tatbestand der Nötigung erfüllt, zur Kenntnis.
Mit vorzüglicher Hochachtung.
Postscriptum: Und jetzt verpisst euch für immer, aber ein bisschen dalli!
Nun war mir wieder wohler. Ich beschloss zu schlafen, um am Morgen ausgeruht und im Vollbesitz meiner geistigen Kräfte in der Derby Bar zu erscheinen.
Während der Nacht flog ich über alle Dächer, eins mit der heiligen Maria - Kokoschka und seine Windsbraut. Beim Erwachen war ich überzeugt, nicht nur ein Luftschloss gezeugt zu haben. Die Venus war ein wunderbarer Planet, und ich hatte ihn bis in alle Einzelheiten erkunden dürfen. Ich war ein dreibeiniger Pathfinder gewesen.

Um eine volle Stunde hatte ich verschlafen und erregte missbilligende Aufmerksamkeit, als ich in der Derby Bar eintrudelte. Offenbar hatte niemand mehr mit mir gerechnet. Dr. Knecht stellte mir die provokante Frage, was ich hier suche. Mit einem knappen 'Nichts' fertigte ich ihn ab.

Ruth gab eifrig Anweisungen und übersah mich geflissentlich, was mich jedoch nicht störte, im Gegenteil. In meinem Monopoly war sie bloss noch Hafenstrasse. Ich hatte nur Augen für Maria, sie war der Mittelpunkt meines Handelns und Fühlens, der leuchtende Fixstern. Sobald sie auftrat, hing der Himmel voller Geigen, und von überall her erklang die Melodie: Tanguedia de amor.
Ich wäre nicht Fitzcarraldo gewesen, hätte ich Maria in meinem Lebensfilm nicht eine Hauptrolle zugedacht: Künftig würde sie für mich allein tanzen. Selbst dieser Oberphilister Dr. Knecht müsste wohl oder übel zur Einsicht gelangen, dass er nur eine Marionette war.
Nicht mehr lange, und ich würde an seiner Stelle den Tarif festsetzen. Er hatte ausgedient, mochte er auf dem Abstellgleis meiner Erinnerung verrotten. Eine marginale Figur.
Anstatt sich seine dümmlichen Spots anzusehen, könnte er mich bewundern, wie ich beim 'Talk im Turm' im Berliner Interconti die Klingen mit wahren Koryphäen kreuzte und nicht mit hohlen Aufschneidern.
Doch jetzt war es meine vordringliche Aufgabe, mich der unverbrüchlichen Liebe Marias zu versichern.
Solange der Vorhang nicht gefallen war, musste ich auf der Hut sein. Nur eine Vorsilbe trennt Glück vom Unglück.
Meine Ungeduld wuchs von Minute zu Minute. Ich schwitzte und fror; eingekeilt zwischen Mitwirken-

den und all den Helfern stand ich verlassener herum als ein Kamel in der Wüste.
Dr. Knecht und Ruth dünkten mich anders als am Vortag; sie signalisierten bestes Einvernehmen, besprachen sich mehrmals. Dabei blickten sie verstohlen zu mir herüber. Ich sah mich schon als geschlagenen Hund mit eingezogenem Schwanz davonschleichen.
Gab es Schwierigkeiten mit Maria? Hatten sie eine Neubesetzung vor?
Die Fragezeichen hingen wie Schlingen am Galgen über mir.
Dann, endlich, kam sie wieder aus dem Büro, einmalig wie eine Sommernacht unter Palmen.
Ich wurde aus der Finsternis meiner Gedanken ausgespien in die grelle Sonne eines blauen Mittags in der Karibik. Wären nicht Dr. Knecht und Ruth gewesen, hätte ich mich, verblendet von der Wirklichkeit, zu Marias Füssen geworfen, sie mit heissen Lippen abgeküsst.
Ihre Beine schienen noch länger, ihr Po wölbte sich noch runder und die Melonen waren nahe am Platzen.
Die Verzögerung fand eine Erklärung. Die Schlussszene an der Bar musste wiederholt werden.
Dr. Knecht nörgelte an den zwei Typen herum, die den Spot mit den bewegenden Sätzen ‘Solche Beine gibt‘s nur einmal’ und ‘Ja, aber erst diese Strümpfe machen Beine’ zum Höhepunkt führen sollten.
„Sie hocken herum, als wären Sie bestellt und nicht abgeholt!“ rief er ausser sich. „Was ist denn mit Ih-

nen los, sind Sie aus Holz? Nein, so geht das nun wirklich nicht. Begreifen Sie doch: Diese Frau hat Ihnen den Kopf verdreht, Sie sind scharf wie eine geladene Kanone. Der Zuschauer muss spüren und sehen, dass Sie geil auf diese Frau sind. So richtig hungrig. Also, noch einmal von vorn."
Ein junger Mann, den ich gestern gar nicht beachtet hatte in meiner Verzückung und Glut, rannte wie eine aufgescheuchte Maus hin und her, übermittelte die Anweisungen Dr. Knechts, erteilte dazu noch eigene. Der Schnösel musste so etwas wie der Regieassistent sein. Auch der Kameramann stänkerte, bemängelte bei jeder neuen Einstellung das Licht. Zwei Männer verrückten die Stativscheinwerfer.
Ruth rief die Maskenbildnerin zu sich.
Das Make-up musste aufgefrischt werden.
„Augenbrauen nachziehen und Stirn pudern", forderte Ruth.
Bei der siebten Klappe war mit dem Ton etwas nicht in Ordnung. Oder der Galgen mit dem Mikrophon war ins Bild gerutscht.
Die Stimmung wurde zusehends gereizter.
Nach einem längeren Unterbruch konnte weitergedreht werden.
„Zum achten und letzten Mal die Einstellung mit dem Barhocker, alles OK?" verkündete der Regieassistent.
Maria sass lasziv zwischen den beiden Männern, unbestritten die Königin der Lüste. Hätte ich doch neben ihr sein können. Ich schickte ihr aus dem

Hintergrund eine Kusshand, die sie mit einem vieldeutigen Lächeln erwiderte.
In meinem Kopf blubberte das Meer, unter meinem Rücken glühte der Sand und auf meinen Schenkeln fühlte ich Marias offenen Schoss.
Als ich von meiner Reise in die Gefilde der Glückseligkeit zurückkehrte, vermählt mit der schönsten Frau seit der Antike, war auch hier der Zauber vorbei.
Dr. Knecht war zufrieden, sagte zu Ruth: „Das gibt ein Mega-Ding."
Dann dankte er allen für ihren Einsatz und die ausgezeichnete Mitarbeit, lobte die Harmonie unter den Darstellern; erst sie habe den erfolgreichen Abschluss der Dreharbeiten in so kurzer Zeit ermöglicht. Ein fabelhaftes Teamwork! Und alle seien um eine Erfahrung reicher.
Niemand hörte noch richtig zu, auch ich war mit Maria bereits wieder unterwegs, ich surfte mit ihr durch die virtuelle Welt der unbegrenzten Zukunft. Und ich flüsterte ihr zu: You make the going great.
Aber vor dem Happy End türmten sich noch Skylla und Charybdis, die beiden Ungeheuer in der Gestalt von Dr. Knecht und Ruth. Sie mussten heil umschifft werden. Dann erst war der Trivial pursuit zu Ende. Während sich die Männer in den Overalls bemühten, den ursprünglichen Zustand der Bar wieder herzustellen, und nachdem sich Maria ins Büro verzogen hatte, näherte ich mich Ruth, um sie zu begrüssen. Mit einem freudigen „Hallo, wie geht's?"

trat ich ihr entgegen und wollte ihr einen tugendsamen Kuss auf die blasse Wange drücken.
Sie wehrte energisch ab, sagte dabei den Satz, der mir seit meinen verunglückten Anläufen, in der Welt der Erwerbstätigen Fuss zu fassen, im Fleisch steckte wie ein Messer. Es war der Satz, womit die Vorgesetzten einen Untergebenen köpften, ihn zu weniger als Dreck machten. Ruth sagte: „Du kannst verfügen."
Dass sie mich noch duzte, milderte diese Gemeinheit nicht. Nun war ich für sie eine Unperson. Ich fand, dass ich das nicht verdient hatte. Schliesslich hatte ich sie mit der Bar und Maria aus dem Sumpf gezogen. Ohne mich stünde sie jetzt auf der Strasse und wäre froh, unter meine Decke kriechen zu können, um beim Vögeln ihr Elend zu vergessen. Ich machte mich noch grösser, als ich war, erwiderte mit steifem Rücken und nicht weniger entwürdigend: „Dann wünsche ich dir auf deinem weiteren Lebensweg alles Gute", drehte mich um und ging.
Was ich nicht erwartet hatte: Sie verlor die Fassung, eilte mir nach und bettelte hündisch: „So wart doch, Igor, war ja nicht so gemeint." Sie kämpfte mit den Tränen. Aber ihr erbärmlicher Anblick stimmte mich nicht mehr um.
Der Meiner ist ein Esel, dachte ich, und war draussen, drückte mich in einen Hauseingang, damit sie mich nicht weiter belästigen konnte. Wie aber nun Maria abfangen, wenn alle miteinander herauskämen, Raum und Zeit zusammenfielen?
Für mich eine Frage von existentieller Bedeutung.

Und alles Latein half da nicht weiter.
John Rifle hatte doch die Stirn, aufzukreuzen. Nonchalant schlenkerte er daher, gab sich als Unschuldslamm. Er winkte mir und nichts verriet, dass er mich vor wenig mehr als zwölf Stunden mit seinen üblen Kumpanen in die Mangel genommen hatte.
Schlecht gemacht, Junge, schau zu, dass dein Schiff nicht kurz vor dem Hafen aufläuft, sagte er.
Ich bin nicht dein Spezi, erwiderte ich, du langweilst mich bloss noch.
Er wurde fahl im Gesicht, seine Mundwinkel zuckten. Ich konnte es mir nicht verkneifen, ihm meine Verachtung noch deutlicher zu machen.
Der Scheiss dampft, und mit deinen ewig gleichen Sprüchen kannst du zusammenpacken. Schmier die Hufen und hau ab!
Er reckte sich, kniff die Augen zusammen.
Soll ich dir die Fresse polieren, du Würstchen? schrie er.
Ist das alles, was dir einfällt? konterte ich.
Er zottelte davon.
Es war von Anfang an falsch gewesen, ihn als Freund zu betrachten. Nun war auch das geregelt.Ich wartete weiter, doch als sich nach einer Viertelstunde noch immer nichts tat, ich nur die Neugier der Passanten auf mich zog, wurde ich unruhig. Ich wagte mich nochmals hinein - auf die Gefahr, dass Ruth glaubte, ich sei ein reuiger Sünder. Doch wie das Glück allein denen hilft, die sich selber helfen, so stand es mir auch diesmal bei.

Bevor mich Ruth in dem Durcheinander entdeckte, winkte mir schon Maria. Ich hielt ihr die Tür, damit sie nicht zögerte, ins Freie zu treten. Und wir lagen uns in den Armen, vor uns der Strand von Copacabana - vergessen das Tal der Tränen. Wir küssten uns und ahnten die Stunden ungestörter Zweisamkeit.
„Wollen wir zusammen essen gehen?“ fragte ich, obwohl das unsere innigste Vereinigung hinausgeschoben hätte. Aber ich wollte nicht mit der Tür ins Haus fallen.
„Lieber nicht, nach all dem Rummel brauch ich ein wenig Ruhe. Der Abend liegt ja noch vor uns.“
Das war Sphärenmusik, aber keine nackte Tatsache.
So schnell liess ich nicht locker, auf der Wiese der Hoffnung weiden viele Narren.
„Dann bring ich dich mit einem Taxi nach Hause“, schlug ich vor.
Maria hatte verstanden, sperrte sich nicht.
Auf der Fahrt lehnte sie sich eng an mich, sagte: „Ich danke dir, dass du mir diese Chance gegeben hast.“
Das war ein doppelter Tusch. Eine Kopulation in Spiritus.
Die Golden Gate Bridge lag vor uns, wir glitten sanft ins Land der unbegrenzten Möglichkeiten.
Bevor mir die Sinne endgültig schwanden, musste ich das Glück noch mit dem Verstand in Einklang bringen. Also nahm ich den letzten Rest meiner Vernunft zusammen, spielte meine Trumpfkarte aus: „Es wäre eigentlich schade, wenn du wieder bei diesem Ekel Paroli arbeiten würdest, du bist zu Besse-

rem geboren, bist viel zu begabt für diesen Job in der Bar; du solltest dein Talent nutzen. Der Werbespot wird dank dir bestimmt zu einem Knüller, von allen Seiten wirst du Angebote erhalten. Warum nicht als Model viel Geld verdienen und bewundert werden?"
Und jetzt zückte ich die Rose: „Ich habe so meine Beziehungen ... Was meinst du?"
Maria verzehrte mich mit ihrem Blick.
Ich hatte gewonnen.
Les jeux sont faits, hörte ich den Croupier verkünden.
Ich hatte auf die richtige Nummer gesetzt. Die Schickis und Promis bestaunten die Jetons, die ich einheimste. Ich hüpfte durch den Garten Eden.
Um so grösser der Schock, als ich auf dem Beifahrersitz John Rifle entdeckte. Mir stockte der Atem. Wie hatte ich ihn nur übersehen können? Er hatte gewiss alles mitgehört.
Lässig drehte er sich um, grinste und fühlte sich - der Gipfel seiner bisherigen Dreistigkeit - bemüssigt, seinen Segen zu erteilen.
Du bist noch besser als Klaus Kinski und Bud Spencer zusammen. Werdet glücklich und reich, habt Spass aneinander.
Leck mich, sagte ich lakonisch.
John Rifle kugelte sich vor Lachen.
So schnell wirst du mich nicht los, prustete er nach hinten.
Change your mind, sagte ich, sonst bist du ein toter Mann.
Wir werden ja sehen, wer zuletzt lacht, erwiderte er.

Der Taxifahrer hielt an.
Maria stieg aus. Ich bezahlte und liess das Taxi mit John Rifle wegfahren. Damit hatte ich noch einmal klargemacht, dass ich nicht beabsichtigte, mich zu verabschieden, ohne vom Baum der Lüste eine Frucht gepflückt zu haben.
Maria schaltete schnell.
„Kommst du noch auf einen Kaffee zu mir?"
Natürlich liess ich mich nicht zweimal bitten.
In meinem Kopf dröhnte Verdis 'Triumphmarsch', und ich fühlte mich als Tarzan. Um die Etikette zu wahren und mich als echter Kavalier auszuweisen, anerbot ich mich, den Kaffee zuzubereiten.
Das gab Maria die von mir vorgesehene Gelegenheit, sich für den letzten Akt bereitzumachen.
Als ich mit den Tassen in das Zimmer kam, wo mich das Bett erwartete, empfing mich Maria in einem so luftigen und durchsichtigen Négligé, dass ich jederzeit und überall beteuert hätte, mir sei leibhaftig die Venus von Milo begegnet. Sie war eine Verlockung, der zu widerstehen ein Sündenfall ohne Vergebung gewesen wäre. Hätte ich während des Tages nur ein einziges Bier getrunken, wäre mir Maria als pure Fata Morgana erschienen. Aber ich war nüchtern und konnte es dennoch nicht fassen.
„Ich bin überwältigt", stammelte ich, nicht mehr Herr der Lage.
„Das ist aber gar nicht gut", antwortete Maria, führte mich zur Liebesstatt und begann, mich zu entkleiden. Als ich Adam ohne Feigenblatt war, liess sie ihr Négligé fallen und zog mich zu sich hinunter.

Ich war in Arkadien angekommen.
Nachdem ich meine anfängliche Scheu überwunden hatte, fasste ich zu. Maria war eine wunderbare Lehrmeisterin. Verständnisvoll spornte sie mich an, gab mit einem Laut oder durch eine Geste zu erkennen, was sie wünschte. Immer mehr entfachte sie die Glut meiner Sinne, übte Geduld, wenn ich mich ungeschickt benahm. Bald fühlte ich nur noch meinen Körper, der Kopf war weit weg, ausgeschaltet alle Hemmungen. In völligem Einklang spielten wir vierhändig Klavier.
Ich war gerade dabei, die Pforte zur höchsten Erfüllung aufzustossen, als die Zimmertür aufflog, an die Wand knallte.
Maria verdrehte die Augen, starrte unter mir weg. Ihr Körper erschlaffte, ich stoppte verstört meine Liebesbewegungen und blickte in die gleiche Richtung wie Maria. Mitten im Zimmer stand breitbeinig John Rifle, seine Gary-Cooper-Visage zu einem Grienen verzogen. Auf der Nase die Sonnenbrille.
Mit einem Schlag war der Druck in meiner Pumpe auf Null gesunken.
Er stemmte die Hände in die Hüften, zwischen seinen Beinen wölbten sich die Jeans nach aussen.
Ich stieg von Maria hinunter, sie sprang mit einem weiten Satz vom Bett, schrie etwas auf spanisch und stellte sich kerzengerade vor John Rifle hin, fuchtelte und keifte.
John Rifle blieb cool, musterte genüsslich Marias Nacktheit, legte dann aber los: Dachte ich es mir doch, dass du‘s mit diesem Kerl treibst. Das war

nicht abgemacht! Was fällt dir eigentlich ein! Du willst doch aus diesem Puff raus, also vergiss diesen Idioten. Forget him. Er ist nicht dein Freund, er nimmt dich bloss aus. Ein armseliger Schlucker, not more.
Er hatte wirklich keinen Stil. Ein fieser Zuhälter, ein Hundsfott.
Einen Augenblick war es still.
Ich begann, mich anzuziehen.
Maria weinte. Das machte mich noch hilfloser.
Irgendetwas musste geschehen.
Hau ab! brüllte ich John Rifle an.
Er belauerte mich. Ein abgebrühter Bodyguard, der mich mit einem Griff hinauswerfen konnte.
Bald bist du mich und die anderen los, sagte er schmierig.
Was soll das heissen?
Das erfährst du gleich.
Als wäre dies das Stichwort gewesen, kamen Armani und Lagerfeld herein.
Die drei bauten sich in einem Halbkreis auf.
Eins müssen Sie wissen, sagte Armani, in diesem Spektakel machen wir die Musik.
Lagerfeld sekundierte: Wir lassen die Puppen tanzen und niemand anders sonst.
Moment mal, das ist nicht Ihre Wohnung, warf ich ein. Ihr benehmt euch, als wärt ihr hier zu Hause.
Sind Sie etwa hier zu Hause? Lassen wir jetzt solche Finessen, sagte Armani, es ist nicht die Zeit dazu.
Dann sagt endlich, was ihr wollt und quatscht nicht um den Brei herum.

John Rifle spielte mit seinem Revolver, liess ihn um einen Finger kreisen.
Wir haben Sie gewarnt und Ihnen deutlich zu verstehen gegeben, dass Sie uns in die Quere kommen, sagte Lagerfeld.
Sie sind mir in die Quere gekommen, nicht umgekehrt, korrigierte ich.
Die drei johlten und grölten, allen voran John Rifle.
Ich hielt meine Wut nicht mehr zurück.
Wir sind nicht im Kino bei Charleys Tante, verstanden! Und jetzt raus, macht euch dünn!
Nur nicht frech werden, knurrte John Rifle.
Beenden wir die unfruchtbare Diskussion, sagte Lagerfeld. Wir sind gekommen, um Maria abzuholen.
John Rifle, Armani und Lagerfeld reckten sich wie die drei Musketiere vor einem Angriff.
Lagerfeld fuhr fort:
Maria ist unser neues Model. Wir machen sie zum Playmate der Saison.
Ich blickte zu Maria.
Sie zuckte mit den Achseln.
Bist du damit einverstanden? fragte ich.
Diese Frage ist überflüssig, begehrte John Rifle auf.
Lass ihn nur, Maria kennt die richtige Antwort.
Armani schien sich seiner Sache so sicher wie das Gefängnis von Alcatraz.
Es wäre für mich eine einmalige Chance, sagte Maria kaum hörbar.
Ihre Stimme verriet Angst und vielleicht auch Gewissensbisse.

John Rifle - immer zur Stelle - lieferte die Begründung, warum ich in diesem Stück der Schurke sein musste.
Du hast auf zwei Hochzeiten getanzt, mein Lieber, Maria und Ruth gegeneinander ausgespielt. Das war unfair, verdammt unfair.
Und ihr seid nun die drei Heiligen vom Morgenland?
Haben wir nie behauptet. Aber wir spielen nicht mit gezinkten Karten.
Ich machte einen Schritt auf John Rifle zu. So schnell liess ich mich nicht abservieren. Er hob den Revolver.
Vorsicht, mein Lieber, mir ist nicht ums Spassen.
Gemeiner geht's ja wohl nicht mehr. Euch sollte man abknallen.
Und an John Rifle gerichtet: Ich verbitte mir ab sofort das Du, merken Sie sich das. Wir haben noch nie miteinander Schweine gehütet.
Allmählich kam ich in Fahrt.
Noch etwas. Merken Sie nicht, dass Sie von Armani und Lagerfeld beschissen werden? Zum Schluss sind Sie das grosse Arschloch, lassen Sie sich das von einem gesagt sein, der glaubt, Sie hätten noch ein wenig Ehrgefühl in den Eingeweiden.
John Rifle schien sichtlich betroffen, liess den Revolver sinken. Ich sah ihm an, dass er sein Spatzenhirn anstrengte.
Ist doch Quatsch. Er will dich bloss gegen uns aufhetzen. Aber wir lassen uns nicht noch einmal auf eine Schiesserei ein.
Armani hatte den Braten gerochen.

Hast du's gehört? höhnte John Rifle.
Sie sollen nicht 'du' zu mir sagen!
OK, haben Sie es gehört?
Ja, nur würde ich an Ihrer Stelle nicht daran glauben.
Die Zeit arbeitete für mich. Ich klammerte mich an die Chance, die drei doch noch gegeneinander aufzuwiegeln, bis sie sich abschlachteten.
Lagerfeld liess sich nicht irritieren.
Mach dich fertig, sagte er zu Maria. Ein Koffer genügt. Bald hast du Kleider und Geld im Überfluss.
Wisst ihr, was ihr seid? Ich war am Ende meiner Beherrschung. Mädchenhändler seid ihr!
Das sagst du nicht noch einmal, drohte John Rifle.
Mädchenhändler!
Armani und Lagerfeld rissen John Rifle zurück. Dabei löste sich ein Schuss aus seinem Revolver.
Ich stellte mich vor Maria.
Wir müssen weg, mahnte John Rifle.
Die drei schoben mich beiseite, packten Maria und zerrten sie hinaus, die Treppe hinunter.
Fassungslos stand ich noch eine Weile in Marias Wohnung, dann ging auch ich. Du hast mit diesen Hurensöhnen nichts gemein, sagte ich mir.
Es ist das ehern waltende Schicksal, selbst die Götter vermögen bekanntlich nichts gegen seinen Ratschluss. Tröste dich, dem tragischen Helden des antiken Dramas geht es nicht anders.
Die Haustür hatte sich hinter mir noch nicht geschlossen, als ich Ruth in die Arme lief.
Auch das noch.

„Was machst du denn hier?“ fauchte ich und wäre ihr am liebsten an die Gurgel gesprungen.
„Ich wollte mich von dir noch anständig verabschieden. Dich zu finden war nicht schwer. Paroli hat mir Marias Adresse gegeben.“
Maliziös fügte sie hinzu: „Warten musste ich auch nicht lange.“
Zwei vernichtende Tiefschläge hintereinander.
Aber ich rappelte mich noch einmal hoch, bevor ich endgültig ausgezählt wurde.
„Und was ist mit heute abend?“ fragte ich und versuchte, meiner Stimme einen lockenden Klang zu geben.
„Leider muss ich zurück nach Hause“, sagte Ruth, stieg in den Jaguar und preschte davon.
Ich verliess den Ort der Niederlage. Alles war nur noch grau. Die Verzweiflung höhlte mich aus.
Da bogen Derrick und Harry um die Ecke, überrannten mich beinahe.
Haben Sie drei Männer mit einer Frau gesehen? fragte Oberinspektor Derrick.
Sie meinen die drei vom Bahnhof ?
Genau, sagte der Knappe Harry. Nur war diesmal noch eine Frau dabei.
Nein, ich habe niemanden gesehen.
Harry, sagte Derrick, wir müssen rauf in die Wohnung.
Wem hätte es genützt, wenn ich die Wahrheit gesagt hätte?

Das nächste, was ich wahrnahm, war die Decke meines Zimmers. Ich lag auf dem Rücken wie weiland Gregor Samsa und stierte zweifach gehörnt ins Nichts.
Montevideo, Rio und all die Strände und die glückseligen Inseln mit Palmen, Sonnenuntergängen - zerstoben zur Wolke im Universum.
Nie würde ich die süssen Früchte meiner Anstrengungen geniessen.
Fünf Tausender zum Trost. Immerhin. Doch ich hatte den Check noch nicht eingelöst.
Das Glück hat ein schlechtes Gedächtnis.
Es war die Stunde der Ehrlichkeit.
Maria, Maria, seufzte ich in meiner Verdammnis.
Dann riss ich mich gewaltig zusammen.
Zum Teufel mit dieser Weinerlichkeit! Ich blieb der grosse Zampano. Hatte ich etwa eine Schlappe erlitten?
Igor, der Don Juan! Igor, der Casanova!
Und wer waren Don Juan und Casanova? Kopfgeburten irgendwelcher Literaten, Hochstapler, die das Lächeln einer Frau zur Orgie stilisierten, eine flüchtige Zufallsberührung zum Orgasmus. Hurenböcke.
Die Liebe, ein Traum.
Die Frauen, die dir im letzten Augenblick die kalte Schulter zeigen. Die dir nachher sagen, dass du eine Niete bist.
Wo hätte ich die Liebe lernen können? Im Elternhaus, in der Schule, im Studium? Etwa bei Ruth?
Maria hätte mir den Weg gezeigt. Sie hätte mich in die Geheimnisse der Liebeskunst eingeweiht.

Das Leben verlangt nun mal Erfahrung.
Dennoch - durfte ich mir nicht stolz sagen: Du bist ein Mann?
Das nächste Mal kannst du dich als Sieger feiern, ohne Wenn und Aber. Du wirst die Frauen besser verstehen als all diese Smarties, die sich die Zähne putzen, wenn sie eine Frau wie Maria bloss angeguckt haben. Nur keine Depression!
Wittgenstein, der lächelnde Philosoph, der Träumer und Denker, brachte meine Lage einmal mehr auf den Punkt:
'Die Welt zerfällt in Tatsachen.'
Und Tatsache war, dass ich wieder zum Bahnhof gehen würde, um nachzuschauen, was John Rifle, Armani und Lagerfeld trieben.

Literatur im Janus Verlag

Ingeborg Kaiser
Möblierte Zeit
Tagebuch und Erzählungen
ISBN 3-7185-0119-8

Armin P. Barth
Im Netz der grünen Fledermaus
Erzählungen
ISBN 3-7185-0142-2

Hans Werthmüller
Zwischen Nochnicht und Nichtmehr
Gedichte aus drei Jahrzehnten
ISBN 3-7185-0137-6

Jacques Wirz
Die USA im Rückspiegel
Aufzeichnungen eines Schweizer Amerika-Reisenden
ISBN 3-7185-0147-3

Sylvia und Valentin Herzog
Nichts von dem, was uns begegnet, haben wir je gesehen
Tagebücher aus Marokko
ISBN 3-7185-0164-3

René Regenass
aufgebrochen
Jura-Geschichten & Objekte
ISBN 3-7185-0146-5